EL DELI LATINO

EL

Judith Ortiz Cofer

DELI

Prosa y poesía

LATINO

Traducido por Elena Olazagasti-Segovia

The University of Georgia Press
Athens and London

Publicado por The University of Georgia Press
Athens, Georgia 30602
www.ugapress.org
© 2006 Judith Ortiz Cofer
Todos los derechos reservados
Compuesto en 10.5 en 14 Electra por Bookcomp, Inc.

La mayoría de los títulos de la Prensa de la
Universidad de Georgia están disponibles de
proveedores populares de libros electrónicos.

Impresos digitalmente

ISBN-13: 978-0-8203-2840-9
ISBN-10: 0-8203-2840-5

Para mi hija Tanya

Yo sé quién soy y sé quién puedo ser.

—Don Quijote

Contenido

La carga de la médium:
Otras narraciones y poemas

Reconocimientos

Se agradece a las siguientes revistas en las cuales aparecieron algunos de los textos de este libro, algunas veces en versiones ligeramente diferentes o bajo títulos diferentes:

Americas Review: "Juana: Una vieja historia", "Paciencia", "Santa Rosa de Lima" y "El deli latino: Un arte poética". Copyright Arte Público Press de la Universidad de Houston, 1988, 1991 y 1992. Reproducido con permiso del editor.

Antioch Review: "La vida de un eco".

Bilingual Review/La Revista Bilingüe (t. 17, núm. 2, pág. 161): "El sombrero de mi abuelo". Copyright 1992, The Bilingual Review/Press de la Universidad de Arizona (Tempe, AZ). Reproducido con permiso del editor.

Cream City Review: "Orar".

Georgia Review: "Nada".

Glamour: "Cómo conseguir un bebé" y "El mito de la mujer latina: Acabo de conocer a una chica llamada María".

Hayden's Ferry Review: "5:00 de la mañana: La escritura como ritual".

Indiana Review: "El juego".

Kenyon Review: "Nunca envejecieron", "Un misterio prematuro", "Una legión de ángeles oscuros", "No se vende" y "El esposo de la bruja".

Lullwater Review: "La sangre".

Missouri Review: "Biología avanzada".

National Forum: "La lección de los dientes".

Nomad: "Absolución en el Año Nuevo".

Parnassus: "Nada se desperdicia", "Para Abuelo, ahora desmemoriado" y "Vida".

Passages North: "Fiebre" y "Contando".

Prairie Schooner: "Sin palabras", "Hipotecar el futuro" y "La niña cambiada por otra". Reproducidos con permiso de la Universidad de Nebraska Press. Copyright 1992 Universidad de Nebraska.

Sing Heavenly Muse!: "Mujeres que aman ángeles".

South Florida Poetry Review: "Aniversario".

Southern Poetry Review: "El lamento del campesino", "Viejas", "Cómo conseguir un bebé" y "Para una hija a quien no puedo consolar".

Witness: "La Biblioteca Pública de Paterson".

Una versión del cuento folclórico "El esposo de la bruja", traducida por Judith Ortiz Cofer, se publicó por primera vez en la Pig Iron Press Anthology of Third World Writers, 1988.

La autora desea expresar su agradecimiento a National Endowment for the Arts, el Georgia Council for the Arts y la Witter Bynner Foundation for Poetry por su apoyo durante los años en que muchas de estas obras se escribieron. Gracias también a Rafael Ocasio, Edna Acosta-Belén y Madelaine Cooke; a Malcom Call y Karen Orchard, por su asesoramiento y estímulo; y también, como siempre, a John Cofer. Mil gracias a Elena Olazagasti-Segovia, una vez más, por el obsequio de sus extraordinarias traducciones de mi obra; asimismo deseo expresar mi perenne gratitud a Nicole Mitchell por su abarcadora visión como Directora de la University of Georgia Press, la cual hizo posible la edición en lengua española de este libro.

EL DELI LATINO

El deli latino: Un arte poética

Presidiendo sobre un mostrador de formica,
una Madre y un Niño de plástico imantados
en la parte de arriba de una registradora antigua,
la mezcla embriagadora de olores de los receptáculos abiertos
de bacalao seco, los plátanos verdes
que cuelgan en racimos como exvotos,
ella es la Patrona de los Exiliados,
una mujer sin edad que nunca fue bonita,
que se pasa los días vendiendo memorias enlatadas
mientras escucha a los puertorriqueños quejarse
de que sería más barato volar a San Juan
que comprar una libra de café Bustelo aquí,
y a los cubanos perfeccionar su discurso
de un «glorioso regreso» a La Habana —donde no se permite
que nadie se muera ni que nada cambie hasta entonces;
a los mexicanos que van de paso por ahí, hablar líricamente
de los dólares que ganarán en El Norte—
    todos deseando el consuelo
de oír español, de mirar fijamente el retrato de familia
de su cara ancha y sencilla, su amplio regazo
apoyado en sus brazos rollizos, su mirada de interés maternal
mientras le hablan a ella y unos a otros
de sus sueños y sus desilusiones—
cómo sonríe comprensivamente,
cuando caminan por los pasillos estrechos de su tienda
leyendo en voz alta las etiquetas de los paquetes, como si
fueran los nombres de amantes perdidos: Suspiros,
Merengues, el dulce rancio de la infancia de todos.
                              Se pasa los días

3

rebanando jamón y queso y envolviéndolos en papel de cera
atado con un cordelito: jamón y queso sencillos
que costarían menos en el A&P, pero no satisfarían
el hambre del anciano frágil perdido entre los pliegues
de su abrigo de invierno, quien le trae listas de cosas
que le lee como si fueran poesía, o los otros,
cuyas necesidades ella tiene que adivinar, haciendo aparecer
    productos
de lugares que ahora sólo existen en sus corazones—
puertos cerrados con los que ella debe comerciar.

* Un *delicatessen* o *deli* es una tienda donde se venden embutidos, fiambres, quesos
y productos especializados que no se consiguen en otros mercados.

DEL LIBRO DE LOS SUEÑOS EN ESPAÑOL

Para venir a lo que no sabes,
has de ir por donde no sabes.
— San Juan de la Cruz

Historia de los Estados Unidos

Una vez leí en una columna del *Créalo o no lo crea de Ripley* que Paterson, Nueva Jersey, es el lugar donde la (calle) Recta y la Estrecha se cruzan. El edificio de apartamentos puertorriqueño conocido como El Building quedaba a una cuadra de Recta. De hecho, era la esquina de Recta y Mercado; no «estaba» en la esquina, sino que «era» la esquina. Casi a cualquier hora del día, El Building era como una enorme vellonera, lanzando salsa a todo lo que daba por las ventanas abiertas mientras los inquilinos, casi todos inmigrantes recientes que acababan de llegar de la Isla, trataban de ahogar con música a todo volumen lo que fuera que en ese momento estaban sobrellevando. Pero el día que mataron al Presidente Kennedy, hubo un profundo silencio en El Building; hasta las lenguas abusivas de las arpías, las palabrotas de los desempleados y los chillidos de los niños de alguna forma se habían enmudecido. El Presidente Kennedy era un santo para estas personas. De hecho, pronto una fotografía suya habría de colgarse al lado del Sagrado Corazón y sobre los altares espiritistas que muchas mujeres tenían en sus apartamentos. Se volvería parte de la jerarquía de los mártires a los que les rezaban para que les concedieran favores que sólo uno que había muerto por una causa comprendería.

El día que mataron al Presidente Kennedy, mi clase del noveno grado se encontraba en el patio cercado de la Escuela Pública Número 13. Nos habían dado tiempo «libre» para ejercitarnos y nuestro maestro de educación física, el señor DePalma, nos había dado la orden de «a moverse». Eso quería decir que las niñas debían saltar la cuica y los niños encestar la bola por el aro al extremo del patio. Mientras tanto, él nos estaría «echando un vistazo» desde el edificio.

Era un día gris y frío en Paterson. El tipo de día que anuncia que habrá nieve temprano. Yo me sentía miserable, debido a que se me habían olvidado los guantes y mis nudillos se me estaban poniendo rojos y en carne viva de darle vuelta a la cuica. También estaba aguantando el abuso de las muchachas negras por no darle a la soga tan duro y rápido como ellas querían.

—¡Oye, Saco de Huesos, dale más duro, niña! ¿Estás desganada hoy? —Gail, la más grande de ellas, que tenía el otro extremo de la soga, gritó: «¿No te comiste tu arroz con habichuelas y chuletas de puerco en el desayuno hoy?»

A las otras niñas se les quedó grabado lo de «chuletas» y lo convirtieron en un cántico: «Chuleta, chuleta, ¿comiste tu chuleta?» Entraban en parejas cuando la soga estaba doble y salían sin tropezar ni perder el ritmo. Sentía que me ardían las mejillas, y entonces mis gafas se empañaron, así que no pude coordinar la soga con Gail. El frío me estaba haciendo lo mismo de siempre: penetrarme los huesos, darme ganas de llorar, humillarme. Odiaba la ciudad, especialmente en invierno. Odiaba la Escuela Pública Número 13. Odiaba mi cuerpo flaco y plano, y envidiaba a las negras que podían brincar la cuica tan rápidamente que sus piernas se desdibujaban. Parecía que siempre tenían calor mientras yo me congelaba.

Sólo había una fuente de belleza y de luz para mí ese año escolar. Lo único que me hacía ilusión al comienzo del semestre. Ver a Eugene. En agosto, Eugene y su familia se habían mudado a la única casa en la cuadra que tenía patio y árboles. Yo podía ver su casa desde mi ventana en El Building. De hecho, si me sentaba en la escalera de incendios me encontraba literalmente suspendida sobre el patio de Eugene. Era mi lugar favorito para leer los libros que sacaba de la biblioteca en el verano. Hasta ese agosto la casa había estado habitada por una pareja de viejos judíos. En el transcurso de los años yo me había vuelto parte de la familia, sin que ellos lo supieran, desde luego. Tenía una vista de la cocina y del patio, y aunque no podía oír lo que decían, sabía cuándo estaban discutiendo, cuándo uno de ellos estaba enfermo y muchas otras cosas más. Sabía todo esto porque los observaba a la hora de las comidas. Podía ver la mesa de la cocina, el fregadero y la estufa. En los tiempos buenos, él se sentaba a la mesa y leía el periódico mientras ella preparaba las comidas. Si discutían, él se iba y la anciana se sentaba y miraba al vacío por largo rato. Cuando uno de ellos estaba enfermo, el otro iba y buscaba cosas en la cocina y las llevaba en una bandeja. El anciano murió en junio. La última semana de clases no lo había visto a la mesa en lo absoluto. Entonces un día vi que había una multitud en la cocina. La anciana por fin había salido de la casa del brazo de una mujer fornida de mediana edad a quien había visto allí varias veces anteriormente, tal vez su hija. Entonces un hombre había sacado unas maletas. La casa estuvo vacía durante varias semanas. Yo había tenido que resistir la tentación de bajar al patio y regar las flores que la anciana había cuidado con tanto esmero.

Para cuando la familia de Eugene se mudó, el patio era una masa de yerbajos enredados. El padre había pasado varios días cortando la yerba, y cuando terminó, no vi los montoncitos rojos, amarillos y púrpuras que representaban flores para mí desde donde yo me sentaba. No vi a esta familia sentarse a la mesa juntos. Sólo era la madre, una pelirroja alta que llevaba un uniforme, de enfermera, supuse; el padre se iba antes de que yo me levantara y nunca estaba allí a la hora de la cena. Sólo lo veía los fines de semana cuando algunas veces se sentaban en sillas de patio debajo del roble, cada uno escondido detrás de una sección del periódico. Y Eugene. Era alto y rubio, y usaba espejuelos. Me cayó bien en seguida porque se sentaba a la mesa de la cocina y se pasaba las horas leyendo. Ese verano, antes de que nos hubiéramos dirigido ni una sola palabra, le hice compañía desde mi salida de incendios.

Una vez que el curso escolar empezó, lo busqué en todas mis clases, pero la E. P. 13 era un lugar enorme, sobrepoblado, y me costó varios días y muchas preguntas discretas averiguar que Eugene estaba en clases de honor para todas las materias; clases a las que yo no tenía acceso porque el inglés no era mi primer idioma, aunque sacaba A en todo. Después de muchas maniobras, logré «tropezar»

9

con él en el pasillo donde estaba su armario —al otro lado del edificio donde estaba el mío— y en la sala de estudio de la biblioteca, donde por primera vez él pareció advertir mi presencia aunque no me habló; y por fin, camino a casa después de clase un día cuando decidí abordarlo directamente, aunque el estómago me daba saltos. Estaba preparada para el rechazo, el desprecio, lo peor. Pero cuando me le acerqué, más o menos jadeando por los nervios, le espeté: «Tú eres Eugene, ¿verdad?» Él me sonrió, se subió los espejuelos y dijo que sí con la cabeza. Entonces vi que se estaba poniendo bien colorado. Le caí bien a Eugene, pero era tímido. Ese día fui yo la que habló más. Él asentía y sonreía mucho. En las semanas siguientes, regresábamos a casa juntos. Él se quedaba unos minutos en la esquina de El Building y entonces se iba para su casa de dos pisos. No fue sino hasta que Eugene se mudó a esa casa que yo noté que El Building bloqueaba casi todo el sol y que el único lugar que recibía un poquito de luz durante el día era el cuadrito de tierra que la anciana había sembrado de flores.

No le dije a Eugene que yo podía ver el interior de su cocina desde mi habitación. Me sentía deshonesta, pero me gustaba compartir en secreto sus veladas, especialmente ahora que sabía lo que estaba leyendo, puesto que escogíamos los libros juntos en la biblioteca de la escuela.

Un día mi madre entró en mi cuarto mientras yo estaba sentada en la repisa de la ventana mirando hacia fuera. Como acostumbraba hacerlo, me dijo abruptamente: «Elena, estás 'distraída'». Enamorada fue lo que realmente dijo —o sea, como una niña estúpidamente encaprichada. Como había cumplido catorce y había empezado a tener la regla, mi madre se había vuelto aún más vigilante que nunca. Actuaba como si me fuera a volver loca o a estallar o algo por el estilo si ella no me velaba y me reprendía todo el tiempo porque ahora era señorita. Se pasaba hablándome de la virtud, la moralidad y otros temas que no me interesaban en lo más mínimo. Mi madre no era feliz en Paterson, pero mi padre tenía un buen trabajo en la fábrica de mahones en Passaic, y pronto, nos aseguraba constantemente, nos íbamos a mudar a nuestra propia casa allí. Todos los domingos nos llevaba a las afueras de Paterson, Clifton y Passaic, donde la gente cortaba la grama los domingos en el verano y los niños hacían muñecos de nieve en el invierno con nieve blanca y pura, no la nieve medio derretida y gris de Paterson, que parecía que caía del cielo en ese color. Había aprendido a escuchar los sueños de mis padres, hablados en español, como si fueran cuentos de hadas, como los cuentos sobre la vida en la isla paraíso de Puerto Rico antes de que yo naciera. Había estado en la Isla una vez cuando era niña, para el entierro de mi abuela, y lo único que recordaba era el llanto de las mujeres enlutadas, el ataque de histeria de mi madre, por lo que le dieron una pastilla que la hizo dormir durante dos días, y el sentirme perdida entre una multitud de desconocidos que afirmaban que eran mis tías, mis tíos y mis primos. La verdad es que me había alegrado de regresar a la ciudad. No habíamos vuelto desde entonces, aunque mis padres hablaban constantemente de comprar una casa en la playa algún día, de jubilarse en la Isla —eso era un tema común entre los inquilinos de El Building. En cuanto a mí se refería, yo iba a ir a la universidad y a hacerme maestra.

Pero después de conocer a Eugene empecé a pensar en el presente más que en el futuro. Lo que quería ahora era entrar en esa casa que había observado por tantos años. Quería ver los otros cuartos donde los ancianos habían vivido y donde el muchacho que me gustaba pasaba su tiempo. Más que nada, quería sentarme a la mesa de la cocina con Eugene como si fuéramos dos adultos, como lo habían hecho el anciano y su esposa, tal vez beber café y hablar sobre libros. Había empezado a leer *Lo que el viento se llevó*. Me tenía embelesada, por el atrevimiento y la pasión de la hermosa muchacha que vivía en una mansión, y por sus devotos padres y los esclavos que se lo hacían todo. No podía creer que hubiera existido un mundo así alguna vez y quería hacerle algunas preguntas a Eugene, ya que él y sus padres, según él me había dicho, habían venido de Georgia, el mismo lugar donde se desarrollaba la novela. Su padre trabajaba para una compañía que lo había trasladado a Paterson. Su madre era muy infeliz, decía Eugene, con aquella hermosa voz que subía y bajaba cuando hablaba con una cadencia extraña. Los chicos en la escuela lo llamaban *Hick** y se burlaban de su forma de hablar. Yo sabía que yo era su única amiga hasta la fecha, y eso me gustaba, aunque me daba pena por él a veces. Saco de Huesos y *Hick*, era lo que nos llamaban en la escuela cuando nos veían juntos.

El día que el señor DePalma salió y nos pidió que nos alineáramos frente a él fue el día en que el Presidente Kennedy fue asesinado. El señor DePalma, un hombre bajito y musculoso, con cabello negro aplastado, era el maestro de ciencia, entrenador de educación física y el que imponía disciplina en la Escuela Pública 13. Era el maestro a cuyo salón hogar enviaban a los buscabullas, y el hombre que se ocupaba de separar a los que peleaban en el patio de recreo y de escoltar a los adolescentes coléricos violentos a la oficina. Y el señor DePalma era el hombre que llamaba a nuestros padres para una «reunión».

Ese día se paró frente a dos filas de chicos mayormente negros y puertorriqueños, crispados por haber estado tratando de cumplir la orden de «a moverse» un día de noviembre que se estaba poniendo muy frío. El señor DePalma, para total sorpresa nuestra, estaba llorando. No eran lágrimas silenciosas de adulto, sino verdaderos sollozos. Hubo unas cuantas risitas provenientes del fondo de la fila donde yo estaba, titiritando.

—Escuchen —el señor DePalma levantó los brazos como si fuera a dirigir una orquesta. Se le quebró la voz y se cubrió la cara con las manos. Respiraba agitadamente. Alguien soltó una risita tonta detrás de mí.

—Escuchen —repitió— algo horrible ha sucedido. —Un extraño borboteo le salió de la garganta, y se dio vuelta y escupió en el cemento a sus espaldas.

—Qué asco —dijo alguien, y hubo mucha risa.

---

* Término utilizado para referirse a alguien que procede de un área rural o un pueblo pequeño y se comporta como un provinciano, carente de sofisticación.

—El presidente está muerto, idiotas. Ya sabía yo que eso no significaría nada para una partida de fracasados como ustedes. Váyanse a casa. —Ahora estaba chillando. Nadie se movió por un minuto o dos, pero entonces una muchacha grande soltó un grito de celebración y corrió a buscar los libros, amontonados con los de otros contra el muro de ladrillo del edificio de la escuela. Los otros siguieron en un corre corre para llegar a donde estaban sus cosas antes de que alguien cayera en cuenta. Todavía faltaba una hora para que la campana anunciara la salida.

Un poco asustada, me encaminé hacia El Building. Había una sensación espeluznante en las calles. Miré en la farmacia de Mario, un lugar favorito para los escolares pasar el rato, pero no había más que un par de viejos judíos en la fuente de soda, hablando con el cocinero en un tono que casi sonaba enojado, pero en voz baja. Hasta el tráfico en una de las intersecciones más ocupadas en Paterson —Calle Recta y Avenida del Parque— parecía moverse más despacio. No había bocinazos ese día. En El Building, el acostumbrado grupito de hombres desempleados no estaba pasando el rato en la escalera del frente, entorpeciendo la entrada de las mujeres por la puerta principal. No salía música por las puertas abiertas del pasillo. Cuando entré en el apartamento, encontré a mi madre sentada frente a la imagen granosa del televisor.

Me miró con una cara llorosa y se limitó a decir: «Dios mío», volviéndose al televisor como si estuviera halándole los ojos. Entré en mi habitación.

Aunque yo quería sentir lo que se debía por la muerte del Presidente Kennedy, no podía contrarrestar el sentimiento de euforia que se agitaba en mi pecho. Hoy era el día en que iba a visitar a Eugene a su casa. Él me había invitado a pasar después de la escuela para estudiar para un examen de historia de los Estados Unidos con él. También habíamos planeado ir juntos a la biblioteca pública. Miré hacia su patio. El roble estaba desnudo de hojas y la tierra se veía gris por el hielo. La luz que atravesaba la ventana grande de la cocina me dijo que El Building bloqueaba el sol hasta tal punto que tenían que encender las luces en mitad del día. Esto me daba vergüenza. Pero la mesa blanca de cocina con la lámpara colgada sobre ella lucía acogedora y atractiva. Pronto estaría sentada allí, frente a Eugene, y le contaría acerca de mi percha justo sobre su casa. Tal vez.

En los próximos treinta minutos me mudé de ropa, me puse un poco de lápiz de labio rosado y recogí los libros. Entonces fui a decirle a mi madre que iba a casa de un amigo a estudiar. No esperaba su reacción.

—¿Vas a salir *hoy*? —La forma en que dijo «hoy» sonó como si se hubiera emitido una advertencia de tormenta. Fue proferido con total incredulidad. Antes de que pudiera responder, se me acercó y me tomó por los codos, puesto que yo apretaba mis libros.

—Hija, el presidente ha sido asesinado. Tenemos que demostrar respeto. Era un gran hombre. Ven a la iglesia conmigo esta noche.

Trató de abrazarme, pero mis libros estaban en el medio. Mi primer impulso fue consolarla, parecía tan consternada, pero tenía que reunirme con Eugene en quince minutos.

—Tengo que estudiar para un examen, Mamá. Regresaré a las ocho.

—Se te olvida quién eres, Niña. Te he visto vigilando la casa de ese muchacho. Vas camino de la humillación y del dolor. —Mi madre dijo esto en español y con un tono resignado que me sorprendió, como si no tuviera intención de impedirme que fuera «camino de la humillación y del dolor». Caminé hacia la puerta. Ella se sentó en frente de la tele, con un pañuelo blanco junto a la cara.

Salí a la calle y le di la vuelta a la verja de metal que separaba El Building de la casa de Eugene. El jardín estaba cuidadosamente recortado alrededor del caminito que llevaba a la puerta. Siempre me asombraba que la arquitectura de Paterson, el mismo centro de la ciudad, no tuviera lógica evidente. Residencias individuales, pequeñas y limpias como ésta, se podían encontrar al lado de edificios de apartamentos enormes y dilapidados como El Building. Sospechaba que las casitas habían venido primero, entonces habían llegado las hordas de inmigrantes y las monstruosidades que habían sido edificadas para ellos —los italianos, los irlandeses, los judíos y ahora nosotros, los puertorriqueños y los negros. La puerta estaba pintada de un verde oscuro: el color de la esperanza. Había escuchado a mi madre decirlo: verde esperanza.

Toqué suavecito. Después de unos breves momentos llenos de suspenso se abrió apenas una rendija. Apareció la cara roja e hinchada de una mujer. Tenía un halo de cabello rojo alrededor de un delicado rostro de marfil —la cara de una muñeca— con pecas en la nariz. El maquillaje corrido de los ojos la hacía parecer irreal, como un maniquí visto a través de una vidriera pandeada.

—¿Qué querías? —Su voz era diminuta y dulce, como la de una niñita, pero su tono no era amistoso.

—Soy amiga de Eugene. Él me invitó a venir. A estudiar. —Me apresuré a mostrarle los libros, un gesto tonto que me hizo sentir avergonzada inmediatamente.

—¿Tú vives allí? —señaló hacia El Building, que se veía especialmente feo, como una cárcel gris con sus numerosas ventanas sucias y escaleras de incendio enmohecidas. La mujer había medio salido y podía ver que llevaba un uniforme blanco de enfermera que tenía una identificación donde se leía «Hospital San José».

—Sí.

Por unos segundos me miró atentamente, entonces dijo como para sus adentros: «No sé cómo ustedes lo hacen». Luego se dirigió a mí: «Escucha, mi amor. Eugene no quiere estudiar contigo. Es un muchacho inteligente. No necesita ayuda. Tú me entiendes. Lo lamento mucho si él te dijo que podías venir. Él no puede estudiar contigo. No es nada personal. ¿Entiendes? No vamos a quedarnos en este lugar por mucho tiempo, no tiene que relacionarse con nadie —sólo será más difícil para él después. Corre a tu casa ahora».

No podía moverme. Nada más me quedé parada allí, consternada al oír que me dijeran esas cosas con una voz tan zalamera. Nunca había oído un acento como el suyo, excepto la versión más dulce de Eugene. Parecía que ella me estaba cantando una cancioncita.

—¿Qué pasa? ¿No oíste lo que dije? —parecía muy enojada, y

por fin salí del trance. Me alejé de la puerta verde y escuché que la cerraba despacio.

Nuestro apartamento estaba vacío cuando llegué. Mi madre estaba en la cocina de otra persona, buscando el consuelo que necesitaba. Papá iba a regresar de su turno nocturno a la medianoche. Podría oírlos hablar bajito en la cocina durante horas esa noche. No discutirían sus sueños para el futuro o la vida en Puerto Rico, como acostumbraban a hacer a menudo; esa noche hablarían tristemente de la joven viuda y de sus dos niños, como si fueran familia nuestra. Durante los próximos días, guardaríamos luto en nuestro apartamento: es decir, mantendríamos comedimiento y silencio —no habría música ni risas. Algunas de las mujeres de El Building llevarían luto durante semanas.

Esa noche, me acosté tratando de sentir lo que debía por nuestro presidente muerto. Pero las lágrimas que surgieron de un manantial profundo dentro de mí eran estrictamente por mí. Cuando mi madre se asomó a la puerta, me hice la dormida. En algún momento durante la noche, vi desde mi cama que se encendía el farol de la calle. Tenía un halo rosado. Me acerqué a la ventana y pegué la cara al cristal fresco. Miré hacia la luz y pude ver la nieve blanca caer como un velo de encaje sobre su superficie. No miré hacia abajo para ver que se volvía gris al tocar la tierra.

No se vende

Las mujeres puertorriqueñas lo llamaban El Árabe. Les vendía cosas hermosas de su exótico país, por las tardes, a la hora en que el trabajo del día se ha terminado y queda un poquito de tiempo antes de las tareas de la noche. No llevaba nada que los hombres quisieran comprar. Su mercancía, mayormente ropa de cama, no era práctica sino exquisita. Las colchas estaban espléndidamente tejidas como cuentos orientales que él les narraba a sus clientes en su español vacilante. Mi madre compró la Scheherazade. Era cara, pero ella la deseaba para mi cama, puesto que era el año en que mi padre me lo negaba todo: no salir con otros adolescentes de dieciséis años (yo era una señorita puertorriqueña decente, no una alocada adolescente estadounidense); no sacar licencia para guiar (las calles de Paterson, Nueva Jersey, eran demasiado peligrosas para un conductor inexperto —él me llevaría adonde yo tuviera que ir); no participar en el viaje de fin de semana a Seaside Heights para celebrar el final del año escolar con mi clase de tercer año (aunque tres maestras nos servirían de chaperonas). No, no, no, con una «o» corta en español. Final: no había vocales alargadas en los dictámenes de mi padre.

Ella sabía que yo podía salir de mi malhumor, mi rabia hirviente por la vigilancia constante de mi padre, gracias a una visita del vendedor cuentista. Los días en que yo oía los pasos pesados en la escalera que anunciaban su visita, salía de mi cuarto, donde mi única compañía eran mis libros en inglés que nadie más en la casa podía leer. Como no se me permitía quedarme en la farmacia con mis compañeros de clase ni salir con ellos —a menos que pudiera convencer a mi padre de que me dejara después de interrogatorios y discusiones que yo había llegado a temer— me había refugiado en la lectura a solas. Los libros me ayudaban a no volverme loca. Me permitían imaginar que mis circunstancias eran románticas: algunos días yo era una princesa india que vivía en una *zenana*, una casa de mujeres, conservándome pura, preparándome para un futuro brillante. Otros días era prisionera: Papillon, preparándome para mi gran escape hacia la libertad. Cuando El Árabe llegaba a nuestra puerta, llevando su inmenso montón de ropa de cama en su hombro, corría a dejarlo pasar. Mamá le traía un vaso de agua fría mientras él se acomodaba en una mecedora. Me sentaba en el piso de linóleo con las piernas cruzadas el estilo indio mientras él desplegaba la mercancía ante nosotras. Algunas veces también traía joyas. Llevaba sortijas y pulseras en una bolsita de terciopelo rojo que sacaba del bolsillo de su abrigo. El día que nos mostró la colcha Scheherazade, vació el reluciente contenido de la bolsa de terciopelo en mi falda, entonces tomó mi mano y colocó en mi dedo una sortija de oro con una inmensa piedra verde. Era recargada y me cubría el dedo hasta el nudillo, raspando la delicada piel entre los dedos. Sintiéndome nerviosa, me reí y traté de quitármela. Pero él me dijo que no con la cabeza. Dijo que quería que conservara la sortija mientras él me hacía algunos de los cuentos entretejidos en la colcha. Era una sortija mágica, dijo, que me ayudaría a comprender. Mi madre me miró con el ceño fruncido desde la puerta detrás de El Árabe, como queriendo decir *Sé cortés pero devuélvela pronto*. El Árabe se puso cómodo para comenzar sus cuentos. Cada cierto tiempo desdoblaba otra punta de la colcha para ilustrar una escena.

Sobre un fondo dorado con hilos verdes que lo atravesaban, brilloso como la patina del domo de la alcaldía, las tejedoras habían colocado la figura sentada de la narradora de cuentos entre los personajes que ella había creado. Parecía que ellos no la veían. En cada panel ella se sentaba un poquito oculta en pose de sabiduría, lo cual el vendedor demostraba: la boca abierta y los brazos extendidos hacia su público, como un Buda o un bailarín sagrado. Mientras Simbad esgrime su espada contra el pirata, Scheherazade está tranquilamente sentada entre ellos. Ella puede estar en la esquina de la calle, donde Aladino intercambia sus lámparas nuevas por viejas. Pero él no la ve.

El Árabe hablaba pausadamente, pero aún así su español era difícil de entender. Era como si su lengua tuviera problemas con ciertas combinaciones de sonidos. Pero era paciente. Cuando veía que una de nosotras había perdido el hilo de la historia, empezaba de nuevo, a veces desde el principio.

Por lo regular, esto hacía que mi madre saliera del cuarto, pero yo entendía que estos cuentos formaban una historia continua para él. Si se rompía, se arruinaba el diseño. Tenían que ser contados de principio a fin. Yo lo miraba fijamente mientras él hablaba. Parecía tener más o menos la edad de mi padre, pero era difícil de saber, porque una barba tupida le cubría casi todo el rostro. Sus ojos revelaban su cansancio. Estaba jorobado de llevar los bultos de edificio en edificio, supuse. Nadie parecía saber dónde vivía ni si tenía familia. Pero el día de las historias de Scheherazade me habló de su hijo. El tema salió a relucir naturalmente como parte del último cuento. El rey que degollaba a sus desposadas fue cautivado por la mujer que contaba cuentos y él le perdonó la vida. Me incomodaba ese final, aunque lo había leído antes, porque no confiaba en que el glotón Rey Shahryar cumpliría su palabra. ¿Y qué le pasaría a Scheherazade cuando se le acabaran los cuentos? Siempre pasaba lo mismo con estos cuentos de hadas: el asunto era fascinante, pero el final siempre me dejaba insatisfecha. «Felices para siempre» era un nudo flojo atado en un paquete valioso.

El Árabe aceptó el primer pago por la colcha que le hizo mi madre, quien yo sabía había sacado los billetes de la gaveta para su ropa interior donde guardaba su montoncito «secreto» de dinero en la punta de una media de nilón. Probablemente pensaba que ni mi padre ni yo tendríamos ninguna razón para buscar allí. Pero en ese año de mi reclusión, nada estaba a salvo de mi curiosidad: si yo no podía salir y explorar el mundo, aprendería todo lo que pudiera dentro de esas cuatro paredes. A veces era Anne Frank, y lo poco que podía averiguar de mis celadores me pertenecía por derecho propio.

Ella le fue poniendo diez billetes en la mano mientras los iba contando despacito. Él abrió su libretita de páginas deshilachadas. Escribió a lápiz: la cantidad total arriba, el nombre de ella, la fecha y «10.00» con una rúbrica. Ella hacía una mueca de dolor mientras seguía lo que él escribía. Habría de pasar buen tiempo antes de que pudiera saldar la compra. Me preguntó si de veras quería la colcha —tres veces. Pero sé que ella sabía lo que significaba para mí. Mi madre se fue con la colcha, explicando que quería ver cómo se vería en mi cama. El Árabe parecía reacio a marcharse. Encendió un cigarrillo delgado y aromático que sacó de una cigarrera dorada con un diamantito en el medio. Entonces repitió el cuento de cómo Scheherazade se ganó al esposo. Aunque ahora ya yo estaba aburrida de la repetición, lo escuché cortésmente. Fue entonces que dijo que tenía un hijo, un joven apuesto que tenía muchísimos deseos de venir a los Estados Unidos para hacerse cargo del negocio. Se podía ganar mucho dinero. Yo asentí, sin entender de veras por qué me estaba contando todo esto.

Pero caí bajo el hechizo de sus palabras mientras describía una visión heroica de un hombre apuesto que cabalgaba en caballos pura sangre por un desierto dorado. Sin darme cuenta, la tarde pasó rápidamente. Me cogió totalmente desprevenida oír la llave girar en la cerradura de la puerta de entrada. Me disgustaba mucho que mi padre me encontrara fuera de mi cuarto.

Él se llegó hasta nosotros antes de que yo tuviera tiempo de levantarme de mi posición infantil a los pies de El Árabe.

Entró, oliendo a sudor y café de la fábrica donde trabajaba de celador. Nunca entendí por qué los sacos de granos de café sin procesar tenían que ser vigilados, pero eso era lo único que sabía de su trabajo. Entró, con una expresión de enojo y sospecha. No le gustaba ninguna interrupción de su rutina: quería encontrarnos a mi madre y a mí en nuestros puestos cuando llegara a casa. Si una amiga de ella había pasado a visitarla, Mamá tenía que asegurarse de que su visita terminara antes de que él llegara. Yo había dejado de invitar a mis amigos después de cierto tiempo, puesto que su hostilidad silenciosa los hacía sentirse incómodos. Hace mucho, cuando yo era una niñita, él pasaba horas cada noche jugando conmigo y leyéndome en español. Ahora, como esas actividades ya no me interesaban, puesto que quería pasar tiempo con otras personas, él no mostraba interés en mí, excepto para decir que no a mis pedidos de permiso para salir.

Mamá trató de mediar entre nosotros recordándome a menudo el cariño que mi padre me había tenido. Me explicaba que las adolescentes en Puerto Rico no salían sin chaperonas como yo quería. Se quedaban en casa y ayudaban a sus madres y obedecían a sus padres. ¿Acaso no me daba él todo lo que yo necesitaba?

Me había sentido furiosa por sus declaraciones absurdas. No se aplicaban a mí ni a la realidad actual de mi vida en Paterson, Nueva Jersey. Me ponía a gritar como una frenética. Gritaba mis protestas de que no estábamos viviendo en un país atrasado donde las mujeres eran esclavas.

—Mira —le señalaba desde la ventana de nuestro apartamento en el quinto piso en un edificio en el mismo centro de la ciudad—. ¿Ves palmeras, arena o agua azul? Todo lo que yo veo es cemento. Estamos en los Estados Unidos. Soy ciudadana estadounidense. ¡Hablo inglés mejor que español, y tengo la misma edad que tú tenías cuando te casaste! —Las discusiones terminaban con el llanto de ella y la pesada frisa de silencio cargado de ira que caía sobre ambas. No valía la pena hablar con él tampoco. Él la tenía a ella para consolarlo por la injusticia de días de doce horas en una factoría y por estar demasiado cansado para hacer nada que no fuera leer *La Prensa* por las noches. Me sentía como una exiliada en el país extranjero de la casa de mis padres.

Mi padre entró a la sala e inmediatamente se enfocó en la enorme sortija en mi dedo. Sin saludar al vendedor, sin saludar a mi madre, quien acababa de regresar a la sala, siguió apuntando a mi mano. El Árabe se puso de pie e inclinó la cabeza de una manera ceremoniosa extraña. Entonces dijo algo muy raro —algo como *Lo saludo como a un pariente; la sortija es un regalo para su hija de parte de mi hijo. Lo* que siguió fue total confusión. Mi padre seguía preguntando qué, qué, qué. A duras penas me levanté tratando de sacarme la sortija del dedo, pero parecía incrustada. Mi madre me hizo señas para que fuera a la cocina donde me enjabonó el dedo hinchado. En silencio escuchamos el combate de gritos que se libraba en la sala. Ambos hombres parecían estar hablando a la vez.

Por lo que pude comprender, El Árabe le estaba proponiendo a mi padre que me vendiera —por un precio razonable— para ser la prometida de su hijo. Esto era necesario debido a que su hijo no podría inmigrar rápidamente a menos que se casara con una ciudadana estadounidense. El viejo vendedor estaba dispuesto a negociar con mi padre lo que yo valía en esta transacción. Oí cifras, una lista de mercancía, cierto número de cabezas de ganado y caballos que su hijo podría vender en su país para recibir dinero en efectivo si eso era lo que mi padre prefería.

Parecía que mi padre se estaba ahogando. No podía penetrar el torrente multilingüe de ofertas y descripciones de la riqueza de la familia del experto regateador. Mi madre me sacó la sortija de un halón, y con ella se llevó parte de la piel del dedo. Traté de no gritar, pero algo dentro de mí se quebró cuando oí el grito angustiado de mi padre de *¡No se vende! ¡No se vende!* perseverar hasta que el vendedor se calló. Mi madre salió corriendo con la sortija para la sala mientras yo trataba de recuperar el control. Pero la voz ronca de mi padre que repetía esa frase en particular resonaba en mis oídos; incluso después de que se oyó un portazo y los pasos amortiguados y pesados de un hombre cargado que bajaba las escaleras, seguí oyendo la afligida protesta.

Entonces mi padre entró en la cocina, donde yo estaba de pie al lado del fregadero, lavándome la sangre de los dedos. La sortija me había hecho una cortadura profunda. Él se mantuvo en silencio y, sin moverse de la entrada, me miró como si no me hubiera visto en largo tiempo o como si fuera la primera vez. Entonces me preguntó suavemente si estaba bien. Yo le dije que sí con la cabeza, escondiendo la mano detrás de la espalda.

En los próximos meses, mi madre pagó la cuenta desde la puerta. El Árabe no volvió a entrar en nuestro apartamento. Mi padre aprendió la palabra «sí» en inglés y la practicaba de vez en cuando, aunque «no» seguía siendo NO en ambos idiomas y más fácil de decir para un hispanohablante.

Sobre mi cama, Scheherazade seguía contando sus historias, las cuales llegué a entender que no tendrían fin —a lo que yo una vez le había temido— porque era con mi voz que ella me hablaba, colocando mis sueños entre los suyos, entretejiéndolos.

Twist and Shout

Es 1967, verano, y estoy tan agitada como todos los Estados Unidos. Los Beatles inundan las ondas radiales de nuestro edificio de apartamentos, ahogando la salsa que tocan nuestros padres. Mi madre me ha dejado sola para que vigile las habichuelas coloradas que estaba hirviendo para la cena, mientras ella va a la bodega por orégano o algún otro ingrediente que necesita. Había tratado en vano de hacerme comprender lo que es, pero opongo resistencia a su español. Tan pronto como ha bajado un piso de escaleras, subo dos hasta el 5-B, donde la música está sonando tan alto que puedo oírla desde mi habitación. La puerta no está cerrada con llave y la empujo para encontrar que Manny está bailando con su hermana, Amelia, quien tiene quince y quiere que la llamen Amy. La mejor amiga de Amy, Cecilia (Ceci), está estirada en el sofá como Elizabeth Taylor en *Cleopatra*. Todos cantan al son del «Twist and Shout» de los Beatles. Manny y Amy están bailando demasiado apretados para ser hermanos. Están moliendo los cuerpos uno contra otro, pecho contra pecho y cadera contra cadera.

Estoy chiflada por Manny, quien es puertorriqueño como yo, pero tiene ojos azules y cabello rubio rizado. Su padre era estadounidense. Amy es morena como yo: padres diferentes.

De repente, Manny me agarra de donde yo me había aplastado contra la puerta para observarlos bailar. Él es mucho más alto que yo y demasiado mayor para estar en el octavo grado —catorce. La madre los muda de un lugar a otro de la ciudad a menudo, así que a ambos los han bajado dos grados. Todas las muchachas puertorriqueñas están locas por Manny. Es un gran bailarín, y corre por ahí un rumor —no es virgen. Manny aparta a Amy y se enrosca en mí. Siento mi corazón golpeando contra las costillas como cuando brinco la cuica doble en el patio de recreo de la escuela. Uso los brazos y los codos contra él, para tratar de que haya un poco de aire entre nosotros. Quiero estar cerca de Manny pero no tan cerca que no pueda respirar. Me asusta un poco la manera en que su cuerpo se mueve y su boca caliente se aprieta contra mi cabeza. Él canta con John Lennon, y siento cada palabra en mi piel, pues sus labios húmedos viajan por mi cuello. Me las arreglo para virar la cara en el momento en que Lennon alcanza la nota alta, por encima de su hombro puedo ver que Amy y Ceci se están besuqueando en el sofá. *Se besan en la boca.* Sus rostros están crispados en lo que parece ser una expresión de dolor, pero, por las telenovelas en español que mi madre y yo vemos por la noche, he aprendido a reconocer que es pasión.

Manny me tiene atrapada contra la pared y está moliendo sus caderas contra las mías. Duele un poquito, porque soy flaquita y los huesos de mi pelvis sobresalen, pero también es agradable. Creo que es para esto que subí al 5-B, pero es demasiado a la vez. De pronto recuerdo las habichuelas coloradas de mi madre. Tengo una visión de que están hirviendo hasta convertirse en una pasta pegajosa y amarga. Eso es lo que puede pasar si no las vigilas. Sólo pensar en lo que mi madre haría me da la fuerza que necesito para zafarme del agarre de hierro de Manny. Él da un brinco y una vuelta como uno de los Temptations —qué buen bailarín es. Podría estar en la tele. Lo observo aterrizar sobre el revoltijo de brazos y piernas que son Amy y Ceci en el sofá. Como un pulpo que toma un bocadillo, lo halan y se lo tragan.

Los oigo reír por encima de la música y del grito final del grupo que parece rasparles la garganta.

Cuando entro en la cocina, huelo las habichuelas: casi listas. La piel estará tierna pero todavía intacta. Añado un poquitín de agua —sólo como medida de precaución. Entonces, todavía sintiendo las rodillas un poco débiles, me siento a la mesa para vigilarlas.

Traicionada por el amor

De niña, me imaginaba que mi padre era un genio que salía de una botella mágica por la noche. Era una botella verde de colonia que él se salpicaba en el rostro antes de salir de casa. Pensaba que era el olor fuerte lo que hacía llorar a mi madre. Yo lo amaba más que a nadie. Me parecía hermoso con su cabello oscuro y reluciente peinado hacia atrás como uno de los apuestos galanes de las telenovelas que mi madre miraba mientras esperaba que él regresara a casa por la noche. Me permitían que me quedara despierta para ver la primera: *Traicionado por el amor*.

Mi papi tenía un bigote como un delgado pincel que me hacía cosquillas cuando me besaba. Si no se habían estado gritando, a veces él entraba en mi habitación a darme las buenas noches antes de salir para su trabajo en el club nocturno. Entonces su perfume se metía en mi frisa, y yo me la pegaba a la cara hasta que me quedaba dormida. Soñaba que él y yo caminábamos por una playa. Nunca había visto el océano, pero él me contaba historias de cuando crecía en una casa en la playa en Puerto Rico. Se la había llevado un huracán.

Cuando mi madre se enojaba con mi padre, me hacía pensar en un huracán. Lo apartaba de nosotros con sus gritos y sus lágrimas. Una vez, le arañó la mejilla. Él se la cubrió con el maquillaje de ella antes de irse para el trabajo. Otra vez oí un sonido como una bofetada, pero no supe quién había golpeado a quién, porque mi madre siempre gritaba y él siempre se marchaba.

Algunas veces la oía rezar el rosario en voz alta, las docenas de Ave Marías y Padre Nuestros eran una canción que me adormecía mejor que cualquier canción de cuna. Ella había vuelto a la Iglesia después de dejarla cuando se había escapado con Papi. Mi madre decía que Tito se la había arrebatado a Dios pero que ahora ella había regresado para quedarse. Ella hizo que un cura viniera a nuestro apartamento y lo rociara con agua bendita, que no huele a nada.

Mi madre también hizo que nuestro apartamento pareciera una iglesia: puso un crucifijo sobre la cama de ellos y sobre la mía —a Papi le gustaba decir que un día se les iba a caer encima y matarlos, a lo que mi madre respondía: «Bueno, Tito, yo estoy lista para irme con mi Dios en cualquier momento. ¿Lo estás tú?» Él sólo se reía. Ella colgó un cuadro de la Santísima Virgen y el Niño Jesús en la pared frente a mi cama, y uno de Cristo tocando a una puerta, en el pasillo. Sobre su cómoda tenía una estatua pintada de la Virgen María aplastando una serpiente negra. Cuando uno la veía por el espejo parecía que era una personita de verdad que estaba a punto de tropezar con la serpiente porque no estaba mirando a dónde iba. Yo hacía como que era un juego y trataba de quitar la serpiente. Pero estaba pegada debajo de su piececito. A mi madre no le gustaba que jugara con las muñecas de santos, sin embargo, y yo tenía que entrar a hurtadillas en su habitación cuando ella estaba ocupada en la cocina o mirando la tele.

Mis padres discutían mucho. Nuestro apartamento era pequeño, y yo los oía decir lo mismo una y otra vez con la mayor variedad posible de palabras hirientes. En esa época aprendí las palabras para luchar en español: las palabras para herir y también las palabras de la Iglesia que mi madre me enseñó para que no me volviera una pecadora como mi padre.

—¿Quién te hizo?

—Dios me hizo.

—¿Por qué te hizo?

—Para glorificar Su nombre y obedecer Sus mandamientos y los de Su Iglesia.

Decíamos esta lección una y otra vez en nuestra clase de catecismo con la Hermana Teresa que nos preparaba para la Primera Comunión.

Cuando crecí, traté de preguntarle a mi madre sobre mi padre. Sus respuestas siempre eran las mismas:

—¿Adónde va Papi por la noche?

—A su trabajo.

—Pero él tiene un trabajo por el día. Él es el súper de nuestro apartamento, ¿verdad?

—Él tiene dos trabajos. Termina tu cereal. Vas a llegar tarde a la escuela.

Cuando ella estaba decidida a no hablar de mi padre, no podía sacarle ni una palabra. Por muchos años no pude hablar con él, puesto que cuando único él estaba en casa, entre sus dos trabajos, ella también estaba ahí, vigilándome. Por fin tuve la oportunidad de ver a mi papi a solas cuando ella empezó a trabajar de voluntaria en la iglesia algunas mañanas a la semana cuando yo estaba en tercer grado.

Un día ella había tenido que salir temprano para ayudar a planear un retiro religioso para mujeres. Puso un plato de cereal frente a mí y me dijo que me fuera con cuidado a la escuela. Yo era lo suficientemente grande para caminar las cuatro cuadras sola, especialmente porque había guardias para cruzar en cada esquina. Me despedí de ella con un beso y le pedí la bendición: «Dios te bendiga, Hija», dijo y se persignó.

—Amén —le dije y me persigné.

Corrí hacia la ventana de la sala desde donde podía verla salir a la calle y caminar hacia la iglesia. Después de que desapareció en la esquina, cogí la llave de la casa y salí del apartamento a buscar a mi padre. No sabía lo que haría cuando lo encontrara. Me sentía asustada y emocionada, sin embargo, a sabiendas de que estaba haciendo algo que enojaría a mi madre si lo supiera. Sabía que Papi no diría nada.

Era un edificio grande con pasillos largos y oscuros que se enrollaban uno tras otro por siete pisos. Nunca había ido más allá de nuestro tercer piso. Cuando llegué al quinto piso, sentí el olor de su colonia. Lo seguí hasta la puerta del 5-A. Estaba segura de que él estaba por allí cerca porque su caja de herramientas estaba en el rincón del rellano. Me quedé parada frente a la puerta y me temblaban las rodillas, con miedo de llamar a la puerta y con miedo de volverme atrás. El edificio estaba tranquilo a esa hora. Todos los niños estaban en la escuela, y la mayor parte de la gente, en el trabajo. Pegué la cabeza a la puerta y escuché.

Primero oí la voz de una mujer que decía el nombre de mi padre de una forma extraña: «Tito, Tito . . .». Lo decía como si estuvieran jugando. Entonces oí la voz de él, pero no podía entender las palabras. Entonces ambos se rieron. Decidí tocar a la puerta.

La mujer que abrió la puerta llevaba una bata roja y tenía el cabello alborotado. Su lápiz de labio era púrpura. Recuerdo haber pensado que parecía una vampiresa. Me dieron ganas de salir corriendo, especialmente porque se veía un poco salvaje con el cabello teñido con hebras rubias por todo el rostro. Tenía piel oscura y cabello con hebras rubias. Eso lo recuerdo.

—¿Qué querías? —dijo enojada.

—Yo . . . estoy buscando a mi padre.

—¿Tu *padre*? —miró a sus espaldas. Él había salido de la habitación de ella. Sabía que era la habitación de ella porque su apartamento era idéntico al nuestro, excepto los muebles. Su sofá era negro y no había cortinas en las ventanas. Mi padre se estaba peinando con la peinilla negra que siempre llevaba en el bolsillo de la camisa. Se le veía muy sorprendido de verme a la puerta.

—Eva, ¿qué estás haciendo aquí? —Antes de que pudiera contestar, sin embargo, cerró la puerta, en la cara de la mujer. Yo estaba bien nerviosa. No podía decirle lo que hacía allí porque ni yo misma lo sabía. Él se inclinó y me miró. También se le veía nervioso. Lo sabía porque su ojo izquierdo le brincaba cuando estaba molesto; había visto que esto le pasaba cuando él y mi madre tenían una pelea.

—¿Estás enferma, Evita? ¿Por qué no estás en la escuela? ¿Dónde está tu madre? —Miró alrededor como si pensara que ella estaba detrás de mí en algún lugar.

—Me quedé en casa, Papi. Tenía dolor de cabeza. Mami fue a la iglesia. —Él me había estado apretando el hombro con la mano, pero entonces me soltó. Esbozó una sonrisa que mi madre llamaba su «sonrisa diabólica». Ella decía que eso quería decir que él pensaba que se las sabía todas. Que nadie podía embaucarlo. Él afirmaba que él siempre sabía cuando alguien en la casa tenía un secreto. Y por eso había encontrado el dinero que ella había estado ahorrando detrás de la gaveta donde colocaba la ropa interior.

—¿De veras estás enferma o sólo te estás tomando el día libre, mi amor?

Yo me limité a sonreír, tratando de esbozar una «sonrisa diabólica» también.

—Es lo que creía. Bueno, tal vez yo haga lo mismo. El lavamanos tapado de la señora puede esperar hasta otro día. ¿Qué te parece si almorzamos una hamburguesa en el White Castle?

—Son sólo las 9:30, Papi. No es hora de almorzar.

—¿Quién dice? Hoy *nosotros* lo decidimos todo por nuestra cuenta. ¿Trato hecho? —Me ofreció la mano y la tomé.

De «Algunos verbos en español»

Orar
Después de las súplicas susurradas, denuncias—
los niños acabados de acostar—
tal vez su mano en la manga de su camisa de vestir,
ignorada, dejando un rastro de colonia,
imposible, parecía, de lavar
con jabón, se marchaba, los pies ligeros
sobre la gravilla. En la habitación, ella caía
de rodillas a rezar oraciones compuestas
como alabanzas, obedeciendo
la advertencia de su madre de nunca exigirle
abiertamente ni a Dios ni a un hombre.

Del otro lado de la delgada pared,
acostada escucho los sonidos que reconocía
desde pequeña: rodillas sobre madera, alternando
el dolor, por lo que el piso crujía, y la conversación
de una mujer con el viento —que llevaba
su voz triste por la ventana abierta
hasta mí. Y sus palabras —si no subían
al cielo, caían sobre mi pecho, donde están
incrustadas como astillas de una cruz
que yo también llevaba.

Dividir
Después de los rumores de la viuda teñida de rubia
de la casa de al lado, ella escogió el orgullo; él, la humildad.
Eso fue veinte años antes de que él muriera
rodeado de sus hijos y de todos los otros

que amaban al anciano —silenciado mucho antes
por los ojos fríos de una mujer.

Ella escogió el orgullo. No aceptaba
ninguna ayuda cuando cargaba comestibles, niños pequeños,
ni lo que llevara
por la empinada colina hasta la casa
que compartían. Él trataba al principio,
las manos estiradas como el ayudante de Cristo
en la quinta estación de la cruz.
Pero ella prefería el dolor antes que llegar a un acuerdo.

Él escogió la humildad. Y funcionó.
Los nietos, acostumbrados a la cólera
de las mujeres, nos vimos reflejados
en sus ojos tristes, castigados como él
más allá de nuestros delitos; en su dura mirada,
había un esposo de piedra, congelado
en el acto. La observábamos trabajar
como loca, preparar las comidas interminables, planchar
su ropa como si lo tuviera con la espalda en la tabla,
con cada golpe de la plancha la hacía temblar
sobre sus patas delgadas.

Cuando él se enfermó, ella montó guardia
en el pasillo frente a su cuarto, tolerando
toda la noche en una silla de respaldo recto,
dirigiendo el flujo de doctores y parientes desconsolados
con la mirada sosegada de una esfinge. Y por fin,
a solas con él —¿pudo atrapar su último suspiro
y retenerlo en los pulmones hasta
absorber el alma de un hombre
que nunca más volvería a vagar?

Oí decir que lo había besado
cuando se fue. Entonces, arrodillada al lado de la cama,
lavó y ungió su cuerpo inerte.
Recuperándolo.

Respirar
Siete años, apenas tenía que
cruzar la calle para llegar del salón
del segundo grado a la casa de mi abuela.
Este día vi la fila serpenteante
hacia la sala del viejo don Juan de Dios.
Obsequios, pensé, al recordar
el día que el anciano de barba
que le colgaba hasta la barriga
hizo piraguas para todos nosotros
un sofocante día de julio en Puerto Rico.
Nos habían dado permiso para correr libres
por una casa saturada de olores viejos
y llena de tesoros
del mundo anterior a nuestro nacimiento.

Me uní a una fila silenciosa, entre
mujeres de negro, sólo podía seguir
la corriente hacia el cuarto lleno de flores
donde don Juan yacía tan quieto como yo trataba de estar
cuando jugaba a las escondidas. Él parecía estar dormido.
Cuando me tocó mirar, clavé la mirada
en sus manos cruzadas sobre el pecho
y esperé —nadie trató de pararme
cuando corrí por entre la muchedumbre asfixiante
y salí al mundo lleno de aire.

Volar

Siempre he sabido
que tú visitarás mi tumba.
Me veo como un pajarito marrón,
tal vez un gorrión, observándote
desde una rama baja mientras rezas
frente a mi nombre.

Te escucharé
leer mi epitafio en voz alta: «Aquí descansa
una mujer que quiso volar».
Recordarás haberme dicho
que una vez soñaste en español,
y sentiste que las palabras
te impulsaban a alzar vuelo.

El sonido de alas
te sobresaltará cuando digas «volar»,
y tú lo comprenderás.

Un misterio prematuro

Seis años,
me regodeo ante el mostrador de los dulces.
Al otro lado de la bodega
mi madre interroga al bodeguero
acerca de la frescura de los productos agrícolas:
la pana, las yucas, los plátanos.
No confía en él, lo sé.
Reconozco la voz que usa
de escuchar entrada la noche
cuando la llegada retrasada de mi padre
la hace sonar así: como una radio
que recibe una señal débil
y luego la pierde.
                    A veces,
él entra a besarme, mientras hago
que duermo; pero hay noches
en que oigo que la puerta se cierra otra vez.

Aunque estoy concentrada en la tarea
de decidir entre barras de coco cubiertas de chocolate
que puedo hacer durar o la goma de mascar
envuelta en diminutas tiras cómicas en inglés
que él me puede traducir después,
huelo a la mujer que se acerca: aroma familiar
de gardenias, canela, alcohol—
la camisa de mi papi y su aliento
cuando se inclina sobre mi cama.
                    Se me queda mirando
como en un trance, se arrodilla para mirarme a los ojos.

Avergonzada, bajo la cabeza, observo un cohete
que le sube por la media desde la rodilla hacia el muslo rollizo
como una avioneta en un cielo crema, hasta que desaparece
bajo su ceñido vestido negro.

¿Eres tú su nenita?

De repente,
Mamá está entre nosotras, halándome hacia ella
antes de que yo pueda responder o escoger
mis dulces.

La oigo dirigirse hacia la calle, tacones altos
que nos disparan como pistolas de balas de plomo. En el pasillo
donde Mamá y yo estamos cogidas de la mano,
hay algo tan fuerte en el aire—
podíamos haberlo seguido con los ojos cerrados
directo hasta casa.

Fiebre

Durante mi infancia, Papá era para ella y para mí
como el viento —soplaba por la casa los fines de semana de
    permiso—
y cuando le hablábamos,
se llevaba nuestras voces consigo.

Dejaba a Mamá absorta en un silencio que crecía
dentro de ella como un nuevo embarazo: recuerdo observarla
poner la mesa para dos, luego comer sola
en la cocina, de pie.

Vivir con ella me enseñó esto:
que el silencio es un toldo oscuro y grueso
del tipo que se baja sobre la vidriera de una tienda;
que el amor es la repercusión de una piedra
que rebota en esa misma vidriera —y que el dolor
es algo que se puede abrazar, como una muñeca de trapo
que nadie te pedirá que compartas.

Las noches que ella me permitió en su amplia cama,
recostaba la cabeza cerca de la de ella —su piel estaba tan fría
como la superficie de la almohada a la que se agarra el niño
    enfermo
entre sueños febriles; y escuchaba el delicado
hilo anudado de su respiración —su rosario de suspiros,
absorbiendo por los poros una pena tan dulce
y nutritiva que viví de ella,
tan sencillamente como la planta casera que se adapta
a la luz que se filtra en un cuarto sin ventanas.

La lección de la caña de azúcar

Mi madre abrió bien los ojos
a la orilla del campo
listo para el corte.
«Respira hondo»,
                 susurró,
«no hay nada más dulce».
                         Al escucharla,
Papá dejó la goma vacía que cambiaba
bajo el sol que pandeaba la carretera,
y agarrándome por el brazo, interrumpió mi carrera
hacia una caña:
«La caña puede ahogar a una niñita: las culebras se esconden
donde crece a la altura de tu cabeza».

Y nos llevó hasta el carro inutilizado
donde sudamos nuestra penitencia,
por habernos antojado de más dulzura
de la que se nos permitía,
más de la que podíamos controlar.

Una legión de ángeles oscuros

Bajaron de la Sierra Maestra,
de sus vertiginosas alturas, vestidos
del verde del monte, gritando profecías:
esas dominaciones polvorientas, esos arcángeles
armados de pies a cabeza, casi flotando
a través de la multitud extasiada —su líder barbudo
triste y orgulloso como el Mesías rechazado
que por fin entraba en su Jerusalén.

Interrumpieron nuestro juego para que fuéramos testigos
de la liberación de Cuba en la pantalla borrosa del televisor,
oímos a nuestro padre recitar un poema
en español que él recordaba de la escuela,
un verso sobre que Cuba y Puerto Rico son
de un pájaro, las dos alas.
Y como él había estado en La Habana
y la había llamado «la puta de Batista»,
dijo: «Dios bendiga a Fidel», ordenándonos
que miráramos el rostro de un héroe, y Mamá,
llorando bajito por los hijos y los hermanos
que no habían regresado, repetía sin cesar: «Amén,
amén».

La niña cambiada por otra

Cuando era niña
y competía por la atención de mi padre,
me inventé un juego que lo hacía desviar la mirada
de lo que estaba leyendo y menear la cabeza
como si estuviera desconcertado y divertido.

En el armario de mi hermano, me ponía
su mameluco —la tela áspera
me daba la forma de un chico; escondía
mi melena bajo un casco del ejército
que mi padre le había regalado, y salía
transformada en el legendario Che
del que hablaban los mayores.

Pavoneándome por el cuarto,
contaba de la vida en las montañas,
de las matanzas y ríos de sangre,
y de festines varoniles con ron y música
para celebrar victorias para la libertad.
Él escuchaba con una sonrisa
mis relatos de batallas y hermandad
hasta que Mamá nos llamaba a comer.

A ella no le divertían
mis transformaciones y me prohibía severamente
que me sentara con ellos vestida de hombre.
Me ordenaba que regresara al oscuro cubículo

que olía a aventura, a despojarme
de mi disfraz, a trenzarme el cabello furiosamente
con manos ciegas y a regresar invisible,
como yo misma,
al mundo real de su cocina.

Absolución en el Año Nuevo

Se acaba la década, hora de empezar a perdonar
pecados viejos. Hace trece años desde tu muerte
en una interestatal de Florida —y otra vez
un sueño de una vieja injusticia. Anoche mientras pasé
la despedida de año durmiendo,
                                                tenía quince años
y regresé al día cuando más te odié: cuando
en un arranque de cólera patriarcal por mi huraño
ensimismamiento,
y convencido de que me estaba volviendo una Jezabel,
registraste mi habitación buscando pruebas
de una vida oculta. Encontraste mi diario
bajo el colchón y, llevándolo a la cocina,
lo examinaste bajo una luz cegadora.
                                                Leíste
acerca de mis infantiles sueños de escapar —sí—
de tu vigilancia tiránica
y, en las últimas páginas, de mi primer amor,
casi todo producto de mi imaginación.
                                                Sufrí
tormentos bíblicos mientras pasabas las páginas. Indigna,
al descubierto ante tus ojos, me preguntaba adónde
iría, si tú me expulsabas
de tu jardín de espinas, pero juré, ese día,
mi fe al ser inviolable.
                                                Luego,
cuando Mamá entró a ofrecerme
una taza de té de consolación, sus justificaciones vagas
de «la forma de ser de los hombres», y a entregarme el libro
    profanado,

arranqué y estrujé cada página, y las dejé
en el suelo para que ella las barriera.
Hasta el día de hoy
no puedo dejar los cuadernos abiertos en ninguna parte:
y escondo mis secretos en poemas.

Empieza un año nuevo.
Casi tengo tu edad. Y casi puedo comprender
tu rabia entonces —atrapado como estabas— en la trampa de un
    hombre pobre,
necesitabas poseer, por lo menos nuestras almas.
De este pecado de orgullo, te absuelvo, Padre.

Y más:
si pudiera viajar a tu tumba hoy,
te llevaría mis poemarios como una ofrenda
para tu espíritu hambriento
que se alimentó de mis sueños en aquellos días.

Colocaría poemas sobre tu lápida,
sobre la parte del nombre que compartimos,
sobre el breve período de tu vida (1933–1976),
como una hija china que trae un tazón de arroz
y una carta para quemar —un mensaje
que llevará el viento: Padre,

aquí hay más lectura para ti.
Llévate todo lo que desees de mis palabras. Lee
hasta que te hayas saciado.
Entonces descansa en paz.

Hay más en el lugar de donde esto salió.

Del Libro de los sueños en español

Desde las ramas altas
del tamarindo
hasta mis manos extendidas
cayó el fruto castaño, maduro
y más dulce que nada
jamás probado.

Hambrienta,
me lo comí todo, atrapándolo
antes de que tocara el suelo
donde desapareció.

El libro de los sueños en español
dice que el árbol es mi padre.
El fruto que desaparece
representa las palabras no pronunciadas,
esperanzas y deseos sin realizar.
Pero no me dice
por qué todavía siento hambre
después de comer.

El esposo de la bruja

A mi abuelo se le han perdido las palabras otra vez. Está tratando de encontrar mi nombre en el caleidoscopio de imágenes en el que se ha convertido su mente. Su cara se ilumina como la de un niño que acaba de recordar su lección. Me señala y dice el nombre de mi madre. Le sonrío y lo beso en la mejilla. Ya no importan los nombres que él recuerde. Cada día está más confundido, su memoria se aleja más y más en el tiempo. Hoy todavía no tiene nietos. Mañana será un joven que corteja a mi abuela nuevamente, citándole versos. En los próximos meses, empezará a llamarle Mamá.

He viajado a Puerto Rico a petición de mi madre para ayudarla a bregar con los viejos. Mi abuelo goza de buena salud física, pero su demencia es severa. El corazón de mi abuela está haciendo ruidos raros en su pecho otra vez. Sin embargo, ella insiste en cuidar ella misma al anciano en su casa. No va a renunciar a su casa, aunque se le ha advertido que el corazón le puede fallar mientras duerme si no recibe supervisión adecuada, es decir, en un asilo o al cuidado de un familiar. Su respuesta es lo que se puede esperar de su famosa terquedad: «Bueno», dice, «me moriré en mi propia cama».

Ahora estoy en su casa, esperando la oportunidad para «hacerla entrar en razón». Como soy profesora universitaria en los Estados Unidos se supone que represente la voz de la lógica; me han pedido que convenza a la abuela, la orgullosa matriarca de la familia, a dimitir —a permitirles a los hijos cuidarla antes de que ella misma se mate con el trabajo. Pasé años en su casa cuando era niña, pero he vivido en los EE. UU. durante la mayor parte de mi vida adulta. Aprendí a amar y a respetar a esta mujer fuerte, quien con sus cinco hijos todavía había encontrado una forma de ayudar a muchos otros. Era una leyenda en el pueblo por haber acogido a más niños que nadie. He hablado con gente de la edad de mi madre que me dijeron que ellos habían pasado hasta un año en casa de Abuela durante emergencias y tiempos difíciles. Parece extraordinario que una mujer pueda aceptar voluntariamente tales obligaciones. Y francamente, me horroriza un poquito lo que he empezado a llamar «el complejo de mártir» de las mujeres puertorriqueñas, o sea, la idea de que el sacrificio es la suerte de una mujer y su privilegio: una buena mujer se define por cuánto sufrimiento puede resistir y cuánto amor de madre puede ofrecer durante su vida. Abuela es la campeona de todos los tiempos, en mi opinión: ha dedicado su vida por completo a otros. No satisfecha con criar a dos hijos y tres hijas durante los peores tiempos de la Depresión, seguida por una guerra que le llevó a uno de sus hijos, también había asumido las cargas de otras personas. Éste ha sido el patrón regular con una excepción, que yo supiera: el año que Abuela pasó en Nueva York, aparentemente para recibir algún tipo de tratamiento para el corazón mientras todavía era una mujer joven. Mi madre tenía cinco o seis años, y había otros tres hijos que ya habían nacido para esa época también. Los pusieron al cuidado de la hermana de Abuela, Delia. Las dos mujeres cambiaron de sitio por un año. Abuela fue a vivir al apartamento de su hermana en la Ciudad de Nueva York, mientras la mujer más joven se encargaba de las labores de Abuela en su casa en Puerto Rico. Abuelo era una figura vaga en el fondo durante esa época. Mi madre no habla mucho sobre lo que pasó ese año, sólo que su madre estuvo enferma y ausente durante meses. Abuelo también parecía ausente, ya que trabajaba todo el tiempo. Aunque echaban de menos a Abuela, todos estaban bien cuidados.

Estoy sentada en la mecedora del balcón de su casa. Ella está frente a mí en una hamaca que hizo cuando nació su primer bebé. Mi madre fue acunada en esa hamaca. Yo fui acunada en esa hamaca y, cuando traje a mi hija siendo bebé a casa de la Abuela, ella la sostuvo en sus brazos tostados por el sol, mi bebé de porcelana rosada, y la acunó hasta que se quedó apaciblemente dormida también. Se sienta allí y sonríe mientras la brisa de un noviembre tropical nos trae el aroma de sus rosas y sus hierbas. Está orgullosa de su jardín. Frente a la casa cultiva flores y enredaderas exuberantes; en la parte de atrás, donde el mangó da sombra, tiene un huerto de hierbas. De esta parcela de plantas que parecen hierbas malas salieron todos los remedios de mi niñez, para cualquier cosa, desde un dolor de garganta hasta calambres de menstruación. Abuela tenía una receta para cada dolor que se le pudiera imaginar a un niño, y te lo llevaba a la cama en sus propias manos olorosas a tierra. Por un momento, me satisface sentarme ante su reconfortante presencia. Ahora está rotunda; una madre tierra de huesos pequeños y tez marrón —con un corazón grande y un temperamento que le hace juego. Mi abuelo viene a pararse a la puerta de tela metálica. Se le ha olvidado cómo funciona la cerradura. Hala la perilla y se queja bajito, jamaqueándola. Con cierta dificultad, Abuela se baja de la hamaca. Abre la puerta, suavemente guía al anciano a la silla al fondo del balcón. Ahí él empieza nuevamente su búsqueda constante de las palabras que necesita. Trata diversas combinaciones, pero no funcionan como idioma. Abuela le da palmaditas en la mano y me hace señas para que la acompañe adentro de la casa. Nos sentamos cada una en un extremo del sofá.

Se disculpa como si tuviera un niño que se porta mal.

—Él va a calmarse —dice—. No le gusta que no le hagan caso.

Respiro hondo preparándome para el gran sermón que le voy a echar a Abuela. Es el momento de decirle que tiene que renunciar a tratar de llevar esta casa y a cuidar a otros a su edad. Una de sus hijas está preparada para acogerla. A Abuelo lo van a meter en un asilo. Antes de que pueda decirle nada, Abuela dice: «Mi amor, ¿te gustaría oír una historia?»

Sonrío, sorprendida ante su ofrecimiento. Son las mismas palabras que me hacían parar en seco cuando era niña, incluso cuando estaba en medio de una rabieta. Abuela siempre podía cautivarme con uno de sus cuentos. Le digo que sí con la cabeza. Sí, mi sermón puede esperar un poquito más, pienso.

—Déjame que te cuente una historia muy pero que muy vieja que escuché cuando era niña. Había una vez un hombre que se puso muy preocupado e intrigado cuando se dio cuenta de que su esposa desaparecía de su cama todas las noches durante largos períodos de tiempo. Como deseaba saber lo que hacía antes de confrontarla, decidió permanecer despierto por la noche y montar guardia. Durante horas vigiló todos sus movimientos a través de los ojos semicerrados y con las orejas paradas como las de un burro. Entonces, más o menos a la medianoche, cuando la noche era oscura como el fondo de un caldero, sintió que la esposa se escurría de la cama. La vio ir al ropero y sacar un pote y una brochita. Se paró desnuda frente a la ventana y, cuando las campanas de la iglesia dieron las doce, empezó a pintarse todo el cuerpo con la brochita, mojándola en el pote. Según las campanas marcaban la hora, ella susurraba estas palabras: «No creo ni en la Iglesia ni en Dios ni en la Virgen María». Tan pronto como terminó de decirlas, se elevó y salió volando hacia la noche como un pájaro.

Pasmado, el hombre decidió no decirle nada a su esposa al día siguiente, sino tratar de averiguar adónde había ido. La próxima noche, el hombre fingió que dormía y esperó hasta que ella otra vez llevara a cabo su pequeña ceremonia y saliera volando, entonces él repitió exactamente lo que ella había hecho. Pronto se encontró volando tras ella. Al acercarse a un palacio, vio a muchas otras mujeres sobrevolando el techo, bajando por la chimenea una a una. Después de que la última de ellas había bajado, él se deslizó por el agujero negro que conducía a la bodega del castillo, donde se guardaban la comida y el vino. Se escondió detrás de unos barriles de vino y observó que las mujeres se saludaban unas a otras.

Las brujas, porque es lo que eran, eran las esposas de sus vecinos y amigos, pero al principio se le hizo difícil reconocerlas porque, al igual que la suya, todas estaban desnudas. Con gran júbilo, agarraron las carnes y los quesos que colgaban de las vigas de la bodega y pusieron la mesa para un festín. Bebieron los vinos finos directamente de las botellas, como hombres en una cantina, y bailaron desenfrenadamente al son de música escalofriante de instrumentos invisibles. Se hablaban en un idioma que él no podía comprender, palabras que sonaban como cuando a un gato le pisan la cola. Sin embargo, aunque la conversación era horrible, la comida que prepararon olía deliciosa. Se colocó con cuidado a la sombra de una de las brujas y extendió la mano para alcanzar un plato. Le dieron un plato humeante de lengua estofada. Hambriento, tomó un bocado: no sabía a nada. Las otras brujas aparentemente habían notado lo mismo porque mandaron a una de las más jóvenes a buscar sal. Pero cuando la bruja joven regresó con el salero en mano, el hombre perdió el control y exclamó: «Gracias a Dios que llegó la sal».

Cuando escucharon el nombre de Dios, todas las brujas echaron a volar inmediatamente, dejando al hombre completamente solo en el sótano oscurecido. Él trató la formula mágica que lo había traído hasta allí, pero no funcionó. Ya no era medianoche, y era obvio que el encantamiento no servía para *subir* por la chimenea. Toda la noche intentó salir del lugar, que las brujas habían dejado patas arriba, pero estaba tan cerrado como el cielo lo está para un pecador. Por fin, se quedó dormido del cansancio y durmió hasta que amaneció, cuando oyó pasos que se aproximaban. Al ver que la pesada puerta se abría, se escondió detrás de un barril de vino.

Un hombre ricamente vestido entró, seguido de varios sirvientes. Todos llevaban palos pesados como si fueran a matar a alguien. Cuando el hombre encendió la antorcha y vio el caos en el sótano, botellas rotas regadas por el piso, carnes y quesos a medio comer y tirados por todas partes, gritó con tanta rabia que el hombre escondido detrás del barril de vino cerró los ojos y le encomendó su alma a Dios. El dueño del castillo les ordenó a sus sirvientes que registraran toda la bodega, pulgada por pulgada, hasta que averiguaran cómo habían entrado los vándalos en su casa. Fue sólo cuestión de minutos hasta que descubrieron al esposo de la bruja, acurrucado como un perro realengo y, peor, pintado del color de un murciélago vampiro, completamente desnudo.

Lo arrastraron al centro del cuarto y lo golpearon con los palos hasta que el pobre hombre pensó que le habían hecho polvo los huesos y que tendrían que echarlo en pedazos a la tumba. Cuando el dueño del castillo dijo que le parecía que el desgraciado había aprendido la lección, los sirvientes lo tiraron desnudo al camino. El hombre estaba tan adolorido que se quedó dormido allí mismo en el camino público, totalmente ajeno a las miradas e insultos de los que pasaban a su lado. Cuando se despertó en medio de la noche y se encontró desnudo, sucio, ensangrentado y a millas de su casa, juró allí mismito que nunca jamás, por nada del mundo, seguiría a su esposa en sus viajes nocturnos otra vez.

—Colorín, colorado —Abuela aplaude tres veces y canta la rima infantil con la que siempre termina un cuento—. Este cuento se ha acabado. —Me sonríe, cambiando su posición en el sofá para poder ver a Abuelo hablando entre dientes para sus adentros. Recuerdo cómo me miraban esos ojos cuando yo era una niñita. Sus movimientos parecían provocados por las acciones de un niño, como esos hologramas de la Santísima Madre tan populares entre los católicos hace unos años —no se podía uno alejar de su hipnótica mirada.

—¿Me vas a contar sobre el año que pasaste en Nueva York, Abuela?—Yo misma me sorprendo ante mi pregunta. Pero de pronto necesito saber sobre el año perdido de Abuela. Tiene que ser otra buena historia.

Ella me mira fijamente antes de responder. Sus ojos son mis ojos, el mismo color castaño oscuro, almendrados y con los párpados un poquito caídos: algunos los llaman «ojos de dormitorio»; para otros son una señal de ser astuta por naturaleza. «¿Por qué me miras así?» es una pregunta que me hacen a menudo.

—Quería irme de casa —dice tranquilamente, como si hubiera estado esperando que le hiciera la pregunta todo este tiempo.

—O sea, ¿abandonar a la familia? —De veras me desconciertan sus palabras.

—Sí, hija. Eso es exactamente lo que quiero decir. Abandonarlos. No regresar nunca más.

—¿Por qué?

—Estaba cansada. Era joven y bonita, llena de energía y sueños. —Sonríe cuando Abuelo sale cantando parado por sí mismo en el balcón. Una mujer que pasa por allí con un bebé en los brazos lo saluda con la mano. Abuelo canta más alto, algo sobre un hombre que se va al exilio porque la mujer que ama lo ha rechazado. Termina la canción con una nota alargada y continúa parado en el medio del balcón con losetas como si escuchara que lo aplauden. Hace una reverencia.

Abuela menea la cabeza, sonriendo un poquito, como si sus travesuras la divirtieran, y entonces termina lo que iba diciendo: «Inquieta, aburrida. Cuatro hijos y un esposo que cada vez exigían más y más de mí».

—¿Así que dejaste a tus hijos con tu hermana y te fuiste para Nueva York? —digo, tratando de mantener fuera de mi voz las emociones contradictorias que siento. Miro a la anciana serena frente a mí y no puedo creer que una vez dejó a cuatro hijos y un esposo que la adoraba para vivir sola en un país lejano.

—Ya una vez lo había dejado, pero me encontró. Volví a casa, pero con la condición de que no volviera a seguirme a ninguna parte. Le dije que la próxima vez no regresaría. —Se queda callada, aparentemente sumida en sus pensamientos.

—Nunca estuviste enferma de veras —digo, aunque tengo miedo de que no reanude su historia. Pero quiero saber más de esta mujer cuya vida yo consideraba un libro abierto.

—*Estaba* enferma. Enferma del corazón. Y él lo sabía —dice, manteniendo los ojos en Abuelo, quien está de pie en el balcón, tan tieso como una estatua de mármol. Parece que está escuchando algo atentamente.

—El año en Nueva York fue idea de él. Él veía lo infeliz que yo era. Sabía que necesitaba probar la libertad. Le pagó a mi hermana Delia para que viniera a cuidar a los muchachos. También alquiló su apartamento para mí, aunque él tendría que tomar un segundo trabajo para hacerlo. Me dio el dinero y me dijo que me fuera.

—¿Qué hiciste ese año en Nueva York? —estoy igualmente atónita y fascinada por la revelación de Abuela.

—Trabajé de costurera en una tienda elegante de ropa. Y . . . pues, Hija —me sonríe como si yo debiera saber ciertas cosas sin que me las digan— viví . . .

—¿Por qué regresaste? —le pregunto.

—Porque lo quiero —dice— y echaba de menos a mis hijos.

Él está arañando la puerta. Como un niñito, le ha seguido el rastro a la voz de Abuela para llegar hasta ella. Ella lo deja entrar, guiándolo delicadamente de la mano. Entonces lo acomoda en su mecedora favorita. Él empieza a cabecear; pronto se quedará profundamente dormido, reconfortado porque ella se encuentra cerca; seguro por el entorno conocido. Me pregunto cuánto tiempo tardará en regresar al infantilismo. Los médicos dicen que goza de buena salud física y que puede vivir por muchos años, pero su memoria, sus destrezas verbales y su capacidad para controlar sus funciones biológicas se deteriorarán rápidamente. Es posible que pase sus últimos días postrado en la cama, tal vez en coma. Se me aguan los ojos cuando contemplo la cara arrugada de este anciano hermoso y gentil. Me siento sobrecogida ante la generosidad de espíritu que le permitió proporcionarle un año de libertad a la mujer que amaba, sin saber si ella regresaría a él. Abuela ha visto mis lágrimas y se me acerca en el sofá para sentarse a mi lado. Me echa el brazo por la cintura y me lleva hacia ella. Me besa las mejillas húmedas. Entonces susurra suavemente a mi oído: «y con el tiempo, el esposo o bien empezó a olvidar que la había visto convertida en bruja o bien creyó que lo había soñado».

Me toma la cara entre sus manos. —Voy a cuidar a tu abuelo hasta que uno de los dos muera. Le prometí cuando regresé que nunca me volvería a ir de casa a menos que él me lo pidiera: nunca lo hizo. Nunca me hizo preguntas.

Oigo que mi madre llega en su carro. Me esperará en la entrada. Tendré que admitir que fracasé en mi misión. Defenderé el caso de Abuela sin revelar su secreto. En lo que a todos respecta, ella se fue a recuperarse de los problemas del corazón. Esa parte es verdad en ambas versiones de la historia.

A la puerta me da la tradicional bendición, añadiendo con una guiñada: «Colorín, colorado». Mi abuelo, al oír su voz, se sonríe en el sueño.

Nada

Casi tan pronto como doña Ernestina recibió el telegrama con la noticia de que su hijo había muerto en Vietnam, empezó a regalar sus posesiones. Al principio, no nos dimos cuenta de lo que estaba haciendo. Para cuando lo entendimos, ya era demasiado tarde.

El ejército había consolado a doña Ernestina con la noticia de que los «restos» de su hijo habrían de ser «recogidos y enviados» de vuelta a Nueva Jersey en una fecha futura, puesto que otras «tropas» también se habían perdido el mismo día. En otras palabras, ella tendría que esperar hasta que el cuerpo de Tony fuera procesado.

Procesado. Doña Ernestina dijo esa palabra como una maldición cuando nos lo contó. Todas estábamos en El Basement —así llamábamos al sótano del edificio de apartamentos: sin ventanas que dejaran entrar luz, con calderas que hacían tanto alboroto que se podía gritar y casi nadie lo oiría. Algunas de nosotras habíamos empezado a reunirnos allí los sábados por la mañana —tanto para hablar como para lavar la ropa— y con el transcurso de los años se convirtió en una especie de club de mujeres donde una se podía poner al día de todos los chismes de la semana. Ese sábado, sin embargo, me aterraba la idea de bajar los escalones de cemento. Todas acabábamos de oír la noticia sobre Tony la noche anterior.

Debía haberlo sabido desde que la vi, atendiendo a las presentes vestida de viuda, que algo se había quebrado dentro de doña Ernestina. Estaba de luto riguroso —negro de pies a cabeza, incluyendo una mantilla. Por el contrario, Lydia e Isabelita llevaban rolos y batas de casa: nuestro tradicional uniforme para estas reuniones de los sábados por la mañana —tal vez nuestra forma de decir «No se admiten hombres». Según me les acerqué, Lydia me miró con ojos de conejo asustado.

Doña Ernestina simplemente esperó a que me uniera a las otras dos recostada contra las máquinas antes de continuar explicando lo que había sucedido cuando había llegado la noticia de Tony el día anterior. Hablaba con calma, con una expresión de altanería en el rostro, como si se tratara de una duquesa ofendida engalanada con su hermoso vestido negro. Estaba pálida, pálida, pero tenía mirada de loca. El oficial le había dicho que —cuando llegara el momento— iban a enterrar a Tony con «todos los honores militares»; por ahora le enviaba la medalla y una bandera. Pero ella había dicho «no, gracias» al funeral, y había devuelto la bandera y las medallas en un sobre que decía *Ya no vive aquí*. «Díganle al señor Presidente de los Estados Unidos lo que yo digo: No, gracias».

Entonces esperó una respuesta por parte de nosotras.

Lydia meneó la cabeza, indicando que no tenía palabras. E Isabelita me miró intencionadamente, obligándome a ser la que profiriera palabras de condolencia en nombre de todas, a asegurarle a doña Ernestina que ella había hecho exactamente lo que cualquiera de nosotras habría hecho en su lugar: sí, todas habríamos dicho «No, gracias» a cualquier presidente que hubiera tratado de pagar por la vida de un hijo con unas cuantas chucherías y una bandera doblada.

Doña Ernestina asintió solemnemente. Entonces recogió el bulto de camisas cuidadosamente dobladas que estaba sobre el sofá (un desecho que habíamos rescatado en la acera) y salió majestuosamente de El Basement.

Lydia, quien había ido a la secundaria con Tony, rompió a llorar tan pronto como doña Ernestina se perdió de vista. Isabelita y yo la sentamos entre nosotras en el sofá y la abrazamos hasta que más o menos se había desahogado. Lydia todavía es joven —una mujer que todavía no ha sido visitada muy a menudo por la muerte. Su esposo de seis meses acaba de recibir el aviso de reclutamiento, y están tratando de concebir un bebé —tratando de veras. Las paredes de El Building son tan delgadas que se corre el chiste (sin que Lydia y Roberto lo sepan) de que lo más probable es que él se zafe de servir en el ejército más por agotamiento agudo que por convertirse en padre.

—¿Acaso doña Ernestina no siente nada? —preguntó Lydia en medio de sollozos—. ¿La viste, toda arreglada como una actriz para su función, y ni una lágrima por su hijo?

—Todos tenemos formas diferentes de sufrir por la muerte de alguien —dije, aunque no podía dejar de pensar que *había* algo extraño en doña Ernestina y que Lydia tenía razón cuando decía que la mujer parecía estar haciendo un papel—. Me parece que debemos esperar y ver lo que ella va a hacer.

—Tal vez —dijo Isabelita—. ¿Te visitó el padre ayer?

Todas asentimos, sin sorprendernos de haber recibido una visita del Padre Álvaro, nuestro extremadamente tímido sacerdote, después de que doña Ernestina lo había ahuyentado. Al parecer, el padre había ido a su apartamento después de enterarse de lo de Tony, con la esperanza de consolar a la mujer tal y como lo había hecho cuando don Antonio murió de repente hace un año. Su dolor entonces se podía comprender en toda su inmensidad, porque al enterrar a su esposo también había enterrado el sueño compartido por muchas de las mujeres de su edad en el barrio: regresar con su hombre a la Isla después de la jubilación, comprar una casita en el viejo pueblo y ser enterrados en tierra nativa al lado de la familia. A la gente de *mi* edad —los que habíamos nacido o crecido aquí— nuestras madres nos habían metido esta fantasía en la cabeza toda la vida. Así que cuando don Antonio dejó caer la cabeza en la mesa de dominó, reguereteando las piezas de marfil de la mejor partida del año, y cuando lo amortajaron con su mejor traje negro en la Funeraria Ramírez, todos supimos cómo hablar con la desconsolada viuda.

Ésa fue la última vez que vimos a sus dos hombres. Tony también estaba allí —con un permiso de dos días durante el período de entrenamiento básico— y lloró sobre el rostro apuesto de su padre como un niñito, llamándolo Papi, Papi. Doña Ernestina había tenido una faena completa entonces al tener que ocuparse de su niño histérico. Era la cadena normal del dolor, el más fuerte se hacía cargo del más débil. Enterramos a don Antonio en el Garden State Memorial Park, donde probablemente hay más puertorriqueños que en la Isla. El

Padre Álvaro dijo su sermón con una voz dulce y temblorosa que apenas se oía por encima de los gritos del muchacho sostenido, por un lado, por su madre, impresionante por su tranquila fortaleza y dignidad, y, por el otro, por Cheo, el dueño de la bodega donde don Antonio había jugado al dominó con otros hombres de su edad del barrio por más de veinte años.

Casi todo el mundo en El Building había asistido a ese entierro, y se lo habían hecho como Dios manda. Doña Ernestina había enviado a su hijo a pelear por los Estados Unidos y entonces había empezado a recibir la pensión de viuda. Algunas de nosotras le habíamos preguntado a doña Iris (quien sabía leer las cartas) por el futuro de doña Ernestina, y doña Iris había dicho: «Un viaje largo dentro de un año» —lo cual encajaba con lo que habíamos pensado que pasaría después: Doña Ernestina se mudaría de vuelta a la Isla y esperaría con sus familiares a que Tony regresara de la guerra. Algunas de las mujeres más viejas se regresaban cuando empezaban a recibir el seguro social o las pensiones, pero eso no era frecuente. Por lo regular, me parecía a mí, alguien tenía que morir antes de que el sueño de la Isla se hiciera realidad para mujeres como doña Ernestina. En cuanto a mis amigos y a mí, hablábamos de «vacaciones» en el Caribe. Pero sabíamos que si la vida era difícil para nosotras en este barrio, sería peor en un pueblo donde nadie nos conocía (y sólo había oído hablar de nuestros padres antes de que ellos se fueran a los Estados Unidos de América, adonde nos habían llevado a casi todos cuando éramos niños).

Cuando el Padre Álvaro había tocado a mi puerta suavemente, yo la había abierto de un halón, pensando que se trataba de mi ex-marido que venía a pedirme una segunda oportunidad otra vez. (Es la forma que tiene Miguel de tocar cuando está arrepentido por haberme dejado —como una vez a la semana— cuando quiere que le preste dinero.) Así que tenía puesta mi cara de «vete pa'l infierno» cuando abrí la puerta de golpe, y el pobre cura por poco se sale del pellejo. Lo vi respirar hondo un par de veces antes de preguntarme con su acostumbrada lentitud —él trata de ocultar su tartamudez alargando las palabras— que si sabía si doña Ernestina estaba enferma. Después de decirle «no, no que yo sepa», el Padre Álvaro se quedó allí, con una facha que daba pena, hasta que le pregunté si quería pasar. Había estado durmiendo en el sofá y mirando la tele toda la tarde, y en realidad no quería que viera el desorden, pero no tenía nada que temer. El pobre de hecho retrocedió ante mi invitación. No, tenía prisa, tenía que visitar a otros cuantos feligreses, etc. «Eran tiempos difíciles», dijo, «tan-tan-tanta gente joven perdida por las drogas o muriendo en la gue-gue-guerra». Le pregunté si *él* creía que doña Ernestina estaba enferma, pero se limitó a menear la cabeza. El hombre parecía un huérfano a mi puerta con aquellos tristes ojos castaños. La verdad es que su sencillez lo hacía atractivo: esa nariz larga casi le llegaba a la barbilla cuando se sonreía, y sus grandes dientes virados me partían el alma.

—No quiere hablarme —dijo el Padre Álvaro mientras acariciaba un crucifijo grande de plata que le colgaba de una ancha cadena alrededor del cuello. Parecía que su peso lo hacía inclinarse, al ser cargado de espaldas y flaquito.

Sentí un fuerte impulso de ofrecerle un poco de mi asopao de pollo, todavía tibio en la estufa desde la cena. Contrario a lo que dice Lydia de mí a mis espaldas, me gusta vivir sola. Y nada podía hacerme más feliz que el que Miguel, ese niñito de mamá, regresara adonde debía estar —con su mamá, quien todavía creía que era su bebé. Pero este pobre esmirriado a mi puerta necesitaba comida casera y tal vez algo más que una comida caliente que le pusiera un poquito de chispa a su vida. (En la mente le pedí perdón a Dios por tener pensamientos así sobre uno de sus curas. Ay bendito, pero ellos también están hechos de carne y hueso.)

—Tal vez lo que ella necesita no es más que un poquito más de tiempo, Padre —dije con la voz más consoladora que pude encontrar. Distinta de las otras mujeres en El Building, no estoy convencida de que los curas sean verdaderamente necesarios (o de gran ayuda) en tiempos de crisis.

—Sí, hija, tal vez tengas razón —masculló tristemente. Me había llamado «hija» aunque yo estaba casi segura de que soy cinco o seis años mayor que él. (El Padre Álvaro parece tan «intacto» que es difícil calcularle la edad. Quiero decir, cuando uno ha vivido, se nota. Él se ve hambriento de amor, pasando hambre por su propia decisión.) Le prometí que me encargaría de doña Ernestina. Sin más, hizo la señal de la cruz en el aire entre nosotros y se alejó. Mientras escuchaba sus pasos lentos bajando las escaleras chirriantes, me pregunté: ¿con qué sueñan los curas?

Cuando el nombre del padre surgió de nuevo durante aquella reunión del sábado en El Basement, les pregunté a mis amigas con qué creían *ellas* que un cura soñaba. Era un tema fértil, tanto que pasamos el resto del tiempo presentando posibles situaciones hipotéticas. Antes de que parara la última secadora, llegamos a la conclusión de que no podríamos comulgar al día siguiente sin antes ir a confesarnos esa tarde con otro cura, no Álvaro, y acusarnos de nuestros «pensamientos impuros».

En cuanto a la situación de doña Ernestina, acordamos que debíamos estar disponibles si ella nos llamaba, pero decidimos que lo más adecuado era darle un poquito más de tiempo para que estuviera sola. Lydia seguía repitiendo, con su habitual puerilidad, «Algo malo le pasa a esa mujer», pero no se ofreció para ir a ver lo que hacía que doña Ernestina actuara de forma tan extraña. Por el contrario, se quejó de que Roberto y ella habían oído ruidos de cacharros y de cosas que se movían de un lado para otro durante horas en el 4-D la noche anterior —apenas habían podido dormir. Isabelita me guiñó un ojo por detrás de Lydia. Lydia y Roberto todavía no se habían dado cuenta: si ellos podían oír lo que pasaba en el 4-D, los otros podíamos oír muy bien lo que pasaba en el 4-A. Parecían muchachos que creían que habían inventado el sexo. Te digo una cosa: se podría hacer una telenovela con los cuentos de El Building.

El domingo, doña Ernestina no estaba en la misa en español y yo evité encontrarme con el Padre Álvaro para que no me preguntara por ella. Pero estaba preocupada. Doña Ernestina era un ratón de sacristía —una católica devota que, como muchos de nosotros, no siempre hacía lo que los curas y el Papa ordenaban, pero sabía dónde vivía Dios. Sólo una enfermedad grave o una tragedia podía impedir que viniera a misa, así que después de misa me fui directa a su apartamento y le toqué a la puerta. No hubo respuesta, a pesar de que había oído ruidos como de algo que se raspa y se arrastra, como de muebles que se mueven de un lado para otro. Por lo menos estaba en pie y activa. Tal vez el trabajo de la casa era lo que necesitaba para salir del shock. Decidí tratar de nuevo al día siguiente.

Mientras pasaba frente al apartamento de Lydia, la joven abrió la puerta —yo sabía que me había estado observando por la mirilla— para contarme de más ruidos provenientes del otro lado del pasillo durante la noche. Lydia estaba en su pijama cortito. Aunque sólo sacó la nariz, pude ver a Roberto en calzoncillos haciendo algo en la cocina. No pude evitar pensar en Miguel y en mí cuando nos juntamos por primera vez. Éramos una combinación explosiva. Después de una apasionada noche de amor, yo me paseaba pensando: «No enciendan cigarrillos a mi alrededor. Prohibidas las llamas. Materiales altamente combustibles en camino». Pero cuando su mamacita se apareció a la puerta, el hombre de fuego se volvió un montón de cenizas a sus pies.

—Vamos a esperar y a ver lo que pasa —le dije otra vez a Lydia.

No tuvimos que esperar mucho. El lunes, doña Ernestina nos llamó para invitarnos a un velorio para Tony, en su apartamento. Se corrió la voz en seguida. Todos querían hacer algo por ella. Cheo donó pollos frescos y productos de la Isla de todo tipo. Algunas de nosotras nos juntamos y preparamos arroz con pollo, y flan de postre. Y doña Doris hizo dos docenas de pasteles y los envolvió en hojas de plátano que había estado guardando en su congelador para sus famosas fiestas navideñas. Las mujeres llevamos nuestros platos humeantes, mientras los hombres llevaron las botellas de ron Palo Viejo para ellos y vino dulce Manischewitz para nosotras. Estábamos preparados para pasar la noche rezando el rosario y rogando por el alma de Tony.

Doña Ernestina nos recibió a la puerta y nos llevó a la sala, donde las luces estaban apagadas. Una fotografía de Tony y una de su difunto esposo don Antonio estaban colocadas sobre una mesa, rodeadas de, por lo menos, una docena de velas. Era una escena escalofriante que hizo que algunas de las mujeres mayores se persignaran. Doña Ernestina había colocado sillas plegadizas frente a esta mesa y nos dijo que nos sentáramos. No nos pidió que lleváramos la comida y las bebidas a la cocina. Se limitó a mirarnos individualmente, como si estuviera pasando lista en una clase, y entonces dijo: «Les he pedido que vengan a despedirse de mi esposo Antonio y de mi hijo Tony. Ustedes han sido mis amigos y vecinos por veinte años, pero ellos eran mi vida. Ahora que se han ido, no tengo nada. Nada. Nada».

Déjame decirte, esa palabra es como un desagüe que se lo traga todo. Oírla decir la palabra «nada» una y otra vez me hizo sentir como si me hubieran halado hacia un pozo oscuro. Podía sentir que también los otros se estaban poniendo nerviosos a mi alrededor, pero allí estaba una mujer sumida en profundo dolor: teníamos que darle un poquito de espacio. Ella miró alrededor, entonces se fue sin proferir otra palabra.

Mientras estábamos sentados allí en silencio, mirándonos unos a otros sigilosamente, empezamos a escuchar el ruido de objetos que se movían de un lado para otro en otros cuartos. Una de las mujeres mayores se hizo cargo entonces, y pronto se sirvieron las bebidas, se sirvió la comida —a todas estas mientras los ruidos extraños seguían saliendo de diferentes cuartos en el apartamento. Nadie decía mucho, excepto una vez que escuchamos como que un plato se había caído y se había roto. Doña Iris se llevó el índice a la sien e hizo un par de círculos —y de los nervios, supongo, algunos de nosotros nos reímos como párvulos.

Pasó bastante tiempo antes de que doña Ernestina regresara. Para entonces estábamos recogiendo los platos y las carteras, tras haber llegado a la conclusión de que era hora de irnos. Con dos enormes bolsas de Sears, una en cada mano, doña Ernestina se colocó frente a la puerta como si fuera una anfitriona de alta sociedad en la línea de recibimiento. Algunas de nosotras nos quedamos atrás para ver lo que estaba pasando. Pero Tito, el súper del edificio, ya estaba harto y trató de pasarle por el lado. Ella le tomó la mano y le puso un perrito peludo de cerámica que tenía una cadenita de oro al cuello. Tito se le quedó mirando extrañado al perrito, entonces se le quedó mirando a doña Ernestina como asustado y se marchó a toda prisa con el perro en la mano.

A cada uno de nosotros nos dejó salir pero no sin antes obligarnos a aceptar una de sus posesiones. Sacaba cosas de las bolsas sin mirar. De allí salían sus preciadas miniaturas, adornitos que a una mujer le lleva toda una vida coleccionar. Seguían saliendo objetos de cerámica y porcelana de todo tipo, incluyendo jarrones y ceniceros; utensilios de cocina, platos, tenedores, cuchillos, cucharas; calendarios viejos y cualquier cosita que ella había tocado o hubiera sido tocada en los últimos veinte años. Salió un zapatito de bebé en bronce —y ése lo recibí yo.

Mientras salíamos del apartamento, doña Iris nos llamó con un «psst», así que la seguimos por el pasillo. «Parece que las facultades de doña Ernestina están temporeramente fuera de servicio», dijo muy gravemente. «Se debe al shock por la muerte de su hijo».

Todas dijimos «sí» y asentimos con la cabeza.

—Pero ¿qué podemos hacer? —dijo Lydia, con la voz casi resquebrajada—. ¿Qué vamos a hacer con esto? —Lydia sostenía en la mano uno de los trofeos de béisbol de Tony: *Jugador Más Valioso de 1968*, para los Pocos Locos, el equipo del barrio.

Doña Iris dijo: «Vamos a guardarle sus cosas en un lugar seguro hasta que ella recupere el juicio. Y permitámosle que llore la pérdida de su hijo en paz. Estas cosas se llevan un tiempo. Si nos necesita, puede llamarnos». Doña Iris se encogió de hombros: «Así es la vida, hijas».

Cuando me crucé con Tito en las escaleras, meneó la cabeza mientras miraba hacia la puerta de doña Ernestina: «Yo creo que ella necesita un loquero. Creo que alguien debería llamar a la trabajadora social». No me miró cuando dijo esto entre dientes. Por «alguien» quería decir una de las mujeres. No quería líos en su edificio, y esperaba que una de nosotras nos deshiciéramos de los problemas. Simplemente no le hice caso.

Acostada le recé a la Santísima Madre para que le diera paz al espíritu atribulado de doña Ernestina, pero las cosas empeoraron. Toda esa semana Lydia vio a través de la mirilla de la puerta que ocurrían cosas raras. Cada vez que alguien iba al apartamento de doña Ernestina —a entregar flores o telegramas de la Isla o cualquier cosa— la mujer lo obligaba a llevarse algo. Les suplicaba que tomaran esto o aquello; si vacilaban, les ordenaba, con aquellos ojos trágicos, que aceptaran una pequeña muestra de su vida.

Y lo hacían, salían del edificio llevando cojines, lámparas, mantelitos, ropa, zapatos, sombrillas, papeleras, libros y libretas: cosas de valor y cosas insignificantes para los que no fueran la persona que las había poseído. Eventualmente los vagos y los deambulantes se enteraron de la gran liquidación de regalos en el 4-D, y pronto había una fila que llegaba a la calle. Nadie se iba con las manos vacías; era como un comedor público. Lydia tenía miedo de salir del apartamento por todos aquellos personajes con cara de peligrosos que se la pasaban en ese piso. ¡Y la peste! Entrar a nuestro edificio era como entrar en un bar barato y orinal público, todo en uno.

Isabelita, al vivir sola con sus dos niñitos y temerosa por su seguridad, fue la que por fin convocó a una reunión de inquilinos. Sólo las mujeres asistieron, ya que los hombres le tenían miedo de veras a doña Ernestina. No es raro que los hombres se asusten cuando ven a una mujer volverse loca. Si ellos no son la causa de la locura, entonces actúan como si no lo entendieran y por lo regular nos dejan solas para que lidiemos con nuestros «problemas de mujeres». Mejor así.

Quizás es verdad que estoy amargada por causa de Miguel —sé lo que se dice a mis espaldas. Pero esto es un hecho: cuando una mujer está en problemas, un hombre manda a buscar a la madre de ella, a sus hermanas o a sus amigas, y entonces se esfuma hasta que todo haya pasado. Esto sucede una y otra vez. ¿A cuántas mujeres postradas en cama he acompañado? ¿Cuántas veces he tenido que hacer citas médicas, cuidar a niños y alimentar a esposos de mis amigas en el barrio? No es que los hombres no puedan hacer estas cosas; es sólo que saben lo mucho que las mujeres se ayudan unas a otras. Quizás los hombres hasta sospechen que nos conocemos mejor unas a otras de lo que ellos conocen a sus propias esposas. Como dije, tanto mejor que no se nos crucen en el camino cuando haya problemas. Esto nos facilita las cosas.

En la reunión, Isabelita dijo en seguida que debíamos subir al 4-D y tratar de razonar con la pobre doña Ernestina. Tal vez podríamos hacer que nos diera la dirección de algún pariente en Puerto Rico —la mujer obviamente necesitaba que cuidaran de ella. Lo que estaba haciendo nos ponía a todos en una situación muy difícil. No hubo disidentes esta vez. Votamos por ir en grupo a hablar con doña Ernestina al día siguiente.

Pero esa noche nos despertó el estruendo de cosas que se estrellaban en la calle. A la luz de la luna llena, pude ver que llovían enseres domésticos: sillas de cocina, taburetes, un televisor pequeño, una mesita de noche, piezas de un bastidor. Todo se astillaba cuando aterrizaba en el pavimento. La gente corría a protegerse y gritaba hacia nuestro edificio. El problema, lo supe inmediatamente, estaba en el apartamento 4-D.

Me puse la bata y las zapatillas, y salí al pasillo. Lydia y Roberto bajaban apurados las escaleras, pero en el piso superior al mío, me encontré con doña Iris e Isabelita, quienes se dirigían al 4-D. Sin aliento, nos quedamos en el pasillo del cuarto piso, escuchando las sirenas de la policía que se acercaba al edificio por el frente. Podíamos oír los portazos y los gritos —tanto en inglés como en español. Entonces probamos a abrir la puerta del 4-D. No estaba cerrada con seguro.

Entramos en una habitación prácticamente vacía. Hasta los cuadros habían desaparecido de las paredes; todo lo que quedaba eran los huecos de los clavos y los lugares donde se veía más clara la pintura porque las fotografías enmarcadas habían estado allí por muchos años. Tardamos unos minutos en localizar a doña Ernestina: estaba acurrucada en el rincón opuesto de la sala, desnuda.

—Como salió a este mundo —dijo doña Iris, persignándose. Sin nada. Nada excepto un cuarto limpio y vacío. Nada. No había dejado nada —excepto las botellas de píldoras, las que los médicos dan para aliviar el dolor, para adormecerte, para hacer que no sientas nada cuando alguien muere.

Las botellas también estaban vacías, y los policías se las llevaron. Pero no les permitimos que se llevaran a doña Ernestina hasta que cada una de nosotras trajo nuestra mejor ropa y la vestimos como la mujer decente que era. La decencia. Nada puede cambiar eso —ni siquiera la muerte. Así es la vida.

Carta desde una isla del Caribe

25 de junio de 1990
Playa de Boquerón
Puerto Rico

Querida Ellen,

Anoche, el anciano que vivía en la cabaña al lado de la mía encontró lo que estaba buscando. Como te dije en la última carta, él estaba aquí en Boquerón, tratando de divisar delfines. Al principio, yo creía que estaba senil o loco. Pero cada noche, después de que la playa se vaciaba de gente, se sentaba debajo de un farol y dibujaba en un cuaderno. Por las mañanas esculpía en barro según esos dibujos. Las figuras que hacía son pequeñitas —mayormente criaturas marinas. Las dejaba secar en la mesa del balcón. Lo observaba desde mi hamaca mientras hacía que leía.

La última noche el mar estaba como un espejo negro. Por primera vez me sentía bien desde lo del bebé. Había sacado mi *Ulises* al balcón y disfrutaba de las calles de Dublín a través de los ojos de ese viajero en el tiempo, Leopold Bloom, cuando oí a alguien gritar —un grito de gozo, no de sufrimiento. Levanté la vista y vi al anciano correr hacia el agua, agitando los brazos, como un corredor que llega a la meta. Se veía frágil y, al mismo tiempo, alocado como un muchacho —sin pensar, salí corriendo detrás de él. Entonces fue que los vi también. Delfines. Tres o cuatro de ellos; no podía estar segura. No puedo decirte por qué, pero se me aguaron los ojos cuando vi esas caras apacibles con sus sonrisas ondulantes atravesar el reflejo de la luna en el agua.

El anciano hizo caso omiso de mis gritos sobre la resaca. Me quité la bata y salté al agua a buscarlo, pero él era más rápido de lo que había imaginado. La última vez que lo vi tenía los brazos alrededor de una de las plácidas criaturas, dejándola que lo llevara demasiado mar adentro como para que yo pudiera seguirlo. Llamé a la policía en seguida, y buscaron toda la noche y esta mañana. Ni rastro. Tiburones, no delfines, especulaban. Pero yo los vi a la luz de la luna, y los escuché cantar. Ellen, tomé una de las figuras que él estaba secando al sol. Es una sirenita diminuta sentada en una roca, saludando con la mano. Te la enseñaré cuando regrese a casa. Por fin estoy empezando a creer que mis heridas se van a cerrar. Con el tiempo.

Con cariño,
Marina

De guardia

Durante mi infancia en español
me pusieron bajo el cuidado
del Ángel de la Guarda,

mi ángel guardián, el centinela militar
que requería un saludo nocturno, una súplica
de rodillas para que me protegiera
de los peligros escondidos en los sueños
y de los demonios que merodeaban por las noches.

En la lámina enmarcada que colgaba sobre mi cama
se le representaba emplumado y andrógino,
rondando sobre dos niños descalzos
cuyas facciones estaban plasmadas en horror color pastel—

y no en balde —bajo el puente
que cruzaban bostezaba
un abismo de azufre— la única luz provenía
del resplandor de esta presencia alada
que les era invisible.

Yo no podía encontrar consuelo en este oscuro
mito infantil, cuando algunas noches
permanecía despierta escuchando el murmullo
de las voces de mis padres

que compartían sus planes incomprensibles
en una cocina bien iluminada, mientras yo reflexionaba

sobre la cruel indiferencia de los adultos
que abandonaban niños a la noche,

y sobre ese Comandante en el cielo
que sabía todo lo que yo hacía, o pensaba hacer,
cuyo soldado podía sonreír tan tranquilamente
mientras niños inocentes cruzaban por la oscuridad,
solos, atemorizados, noche tras noche.

El propósito de las monjas

Cuando era niña y asistía a la misa dominical,
las observaba flotar por la nave
con su aspecto sombrío y medieval, el sosiego
de salvación en el óvalo rosado de sus rostros
enmarcados por cofias ceñidas. Parecían estar por encima
del tedioso ciclo de confesión, penitencia
y absolución que supervisaban: de los sueños de los días de semana
relatados a un desconocido el sábado; de los sermones
    dominicales, largos
como visitas a una habitación de enfermo; y la paranoia de Dios
    siempre
vigilante —que hacía que me escondiera bajo la frisa
a leer ficciones prohibidas.

Algunas de nosotras fuimos elegidas por nuestra sencillez,
por nuestra inclinación a la soledad, o tal vez—
como esperaban nuestras madres desde lo más secreto de su
    corazón—
nuestra aura de luz espiritual que sólo estas desposadas
del sosiego podían ver en nosotras. Nos llevaban a retiros,
donde nuestros pasos profanos eran suavizados
y nuestros latidos, sincronizados, para formar uno
con el de las hermanas. En medio de ellas, percibimos la libertad
de la preocupación por la carne —ya que los cuerpos de las monjas
apenas eran enaguas espirituales debajo de sus gruesas
    vestimentas.
También estaba el atractivo del refugio en una mansión impecable,
permeada de los aromas de pan horneado, madera pulida
y libros encuadernados en piel con sólo palabras buenas.

Y por las noches, el misterio coral de las vísperas
en latín, que lanzaban el último hechizo de comunidad sobre
   nosotras.

El propósito de las monjas era recordarnos
la paz monocroma en un mundo salpicado de colores violentos.
Y a veces, exhausta por las insistentes exigencias
de la adolescencia, dejaba que mi alma considerara
la posibilidad de la vida enclaustrada, pero tan pronto el cielo
se despejaba, abriéndose como una carretera azul a cualquier parte,
reanudaba mi viaje de regreso al mundo.

El juego

La niñita jorobada
no iba a la escuela,
la dejaban en la casa para ayudar a su madre,
una mujer adusta con otros hijos
cuyas columnas no estaban torcidas
formando el símbolo de la vergüenza de una familia.

Cuando nació,
al ver por primera vez a la niña
enroscada en un signo de interrogación,
el eterno *por qué*
que tendría que llevar a casa,
le puso el nombre de Cruz,
por la cruz que Cristo llevó
al Calvario.

En mi casa,
no hablábamos de su padecimiento;
la tratábamos como si Cruz,
cuya adorable cabeza
descansaba incongruentemente sobre un cuerpo
hecho de partes pegadas—
como cuando por primera vez una niña intenta
cortar y pegar una muñeca de papel—
fuera igual
a cualquiera de mis otras amigas.
Pero cuando ella se paraba frente a la puerta,
esperando que yo saliera a jugar,
Mamá se quedaba callada, conmovida, quizás

ante la vista
de uno de los pequeños misterios de su Dios.

Corriendo hacia su patio,
Cruz y yo entrábamos en una casita
que ella había construido con pencas,
donde jugábamos su juego favorito: «las mamás y los papás».
A mí siempre me tocaba el papel
de esposo o hijo —y haciendo mi papel
a la perfección— la elogiaba pródigamente
por los platillos imaginarios
que colocaba ante mí,
mientras ella se reía, encantada
con mis inventos, absorta en el juego,
hasta que empezó a hacerse demasiado tarde
para fingir.

La lección de los dientes

Se lo oí decir a mi madre una vez
en la cocina —que soñar con dientes
quiere decir que la muerte se acerca, repiqueteando
su bolsa de huesos como una advertencia para que todos
recen un «Credo» todas las noches antes de dormir.

Un día, cuando era niña, buscando el misterio
de la belleza de mi tía Clotilde,
me metí en su cuarto sin tocar a la puerta.
Ella estaba sentada ante el tocador,
peinándose la larga cabellera negra que todos decían
que yo había heredado. Una dentadura postiza
flotaba en un pote junto a ella. Horrorizada,
alcé la vista al rostro de una bruja de mejillas hundidas
en el espejo —entonces salí corriendo hasta llegar a casa.

Ella tiene que haberme visto, pero nunca dijo nada.
Su cara rellena de carne aparecía a menudo
por casa. Pero su sonrisa
hacía que me subiera una corriente de miedo helado por la
    columna—
ese mensaje que dicen que se recibe
cuando alguien pisa tu tumba.

73

Nunca envejecieron

Hablo de esa raza de ojos hundidos
de mujeres y hombres tuberculosos pegados a los huesos,
a la última de los cuales vi fugazmente
en los últimos días de mi infancia.

Cada familia tenía uno
escondido en un sanatorio—
una palabra susurrada cuando ciertos nombres
surgían en la conversación. Y cuando le pregunté
a mi madre lo que quería decir, ella dijo
un lugar muy limpio.

Una vez, vi uno; una
aparición de una prima distante
que nuestra familia trataba de mantener invisible.
Desde la casa de un vecino al otro lado de la calle,
miré a la visitante con un vestido blanco
que parecía colgarle del esqueleto
como una prenda de vestir almidonada en un perchero.
Mantenía un pañuelo frente a la boca
todo el tiempo. El círculo de parientes bien educados
se pusieron cómodos en las sillas alrededor de ella.
La taza de café a su lado después
sería desechada, la silla en la que flotaba —parecía
no tener volumen ni peso— se restregaría
con algo tan fuerte que hacía llorar; toda la casa
esterilizada y desinfectada después de su breve visita.

Aunque a estos primos tristes y delgados apenas se les había visto
en nuestras salas, eran una presencia en los desvanes
y armarios donde guardábamos a todos nuestros parientes no
   deseados.
Y ellos también tenían sus héroes y mitos.

De niña escuché la historia de dos jóvenes,
encerrados para que murieran y olvidados,
que se conocieron en los pasillos fríos olorosos a pino
de su hospital cárcel y se enamoraron.
Desesperados por estar juntos, se escaparon
hacia la noche. Una joven
los encontró bajo el puente sobre un dique,
un lugar húmedo por donde corría una quebrada que se podía
   cruzar.
Entrelazados, sus cuerpos se habían vuelto de mármol
por la fiebre y el rocío de la mañana. Eran un friso
en una catacumba romana: Eros y Psique en reposo.

Conmovida por su difícil situación, la muchacha les trajo alimento
y una frisa. Pero a las criaturas moribundas se les puede seguir la
   pista rápidamente
y pronto los encontró la gente del pueblo, escandalizada
de que los enfermos quisieran amarse. Se llamó a un sacerdote
antes que a un médico. Supongo
que murieron en camas separadas.
                    En aquel entonces, yo estaba convencida
de que la historia de los amantes moribundos aferrados uno al otro
en la cueva oscura era lo más romántico que jamás escucharía.
La mancha en sus pulmones que los mató me parecía
un lugar privilegiado en la geografía común del cuerpo.

Yo también quería vivir en *un lugar muy limpio,*
donde frágil como un pálido capullo rosado me sentara
entre muchos cojines de raso a esperar al hombre con quien
nunca envejecería, que me rescataría de una vida insulsa.
La muerte y el amor otra vez confundidos
por alguien demasiado joven para ver la diferencia.

Nada se desperdicia

Mamá siempre tenía
algo sembrado en nuestras casas. Cada orden que daba la Marina
de mudarse la hacía preocuparse
por las semillas que había sembrado en patios alquilados.
Pero siempre había una en el mostrador de la cocina
que podía llevar consigo —un pote con agua turbia
que contenía una semilla de aguacate
traspasada por un palillo de dientes, que parecía
un Sagrado Corazón en conserva.   El verano pasado
me quedé en su habitación en una casa vieja
en Puerto Rico, donde ella se había atrincherado,
en medio de un jardín caótico
que invade las ventanas y las puertas
como el fin de la civilización.   De la ventana de su cuarto
colgaba una jaula con tres palomas: una hembra
y dos machos cautelosos. La paz del nido
había sido interrumpida hacía poco
por el huevo que ella empollaba, arrellanada
sobre la mitad de una cáscara de coco,
que colgaba de alambres. Los machos montaban guardia
desde perchas al otro lado de la jaula, celosos
de su atención.   Me había quedado dormida
con su arrullo, luego me sobresaltó
el aleteo frenético contra el metal
y la inequívoca irrevocabilidad
del huevo que se quebraba.

No me levanté
a enfrentar la pérdida —pero la vi entrar de puntillas,
meter la mano para recoger los pedazos, luego echarlos
por la ventana a la espesa vegetación
que los absorbería como alimento.

Entonces susurró *que duermas bien*,
consolándome con su voz,
como todas las noches que me arropaba en camas diferentes,
contándome sobre el nuevo jardín que iba a empezar
tan pronto como desempacáramos la última caja,
alejando de mí el miedo a la oscuridad
una vez más.

Mujeres que aman ángeles

Son delgadas
y rara vez se casan, viven
sus largas vidas
en habitaciones espaciosas, puertas francesas
que se abren a jardines formales
donde flores aromáticas
crecen en abundancia.
Tocan el piano
al atardecer
inclinando la cabeza
en un ángulo elegante
como si escucharan
notas en un tono por encima
del registro humano.
La edad las hace traslúcidas;
cada latido del corazón
visible en la sien o el cuello.
Cuando mueren, lo hacen en el sueño,
los espíritus se despojan suavemente
de anfitrionas demasiado bien criadas
para protestar.

Para Abuelo, ahora desmemoriado

Era un maestro carpintero y un músico
que usaba los ritmos del martillo y de la brocha
para componer poemas y canciones mientras trabajaba.

Era moreno e intenso,
dado a la melancolía;
un hombre apuesto
que llevaba su sombrero en la parte posterior de la cabeza.
Los fines de semana viajaba por la isla
tocando la guitarra y cantando
sus propias canciones en fiestas de quinceañeras,
donde las muchachas
eran flores en un jardín formal
que él tenía el privilegio de atravesar.

El mangó, una vez me dijo,
con el jugo que te ahoga
en dulzura, se debe comer
con los ojos cerrados.

De niño se había ido de la casa
de aprendiz con un viejo
que le enseñó a encontrar el grano de la madera;
las vidas secretas de los pigmentos
y, al oscurecerse el día,
a componer música con sus manos ásperas.

El día que la vio por primera vez,
estaba lleno de música. Las palabras

de la canción que escribiría para ella esa noche
le llegaron como la gracia después de una plegaria.
Y siguió a la muchacha orgullosa
hasta que ella cumplió quince años
con la fascinación de un sonámbulo
que sale de la cama atraído por los rayos de la luna.

Ella era un tamarindo en flor,
su piel morena naturalmente perfumada
como capullo que se abre por la noche.
Cuando se movía, su cuerpo se convertía en un bolero,
una seducción con violines. Al mirarla,
él escuchó su propia voz resonando
profundamente en el hueco de su pecho,
iniciando un dulce dolor. Y se percató
de su soledad.

Pero ella se apartó de sus ojos suplicantes
y bailó con otros en el salón lleno de gente
donde él hacía música
sólo para ella. Lo hizo tocar mucho
por su amor, sabiendo que la vida con un poeta
no sería fácil.

El año que regresé a su casa,
a los quince, llevaba puesto mi vestido indio
con espejitos cosidos por todas partes.
Me paré frente a mi abuelo
mientras él daba vueltas a mi alrededor como si yo fuera
un pasillo serpenteante en Versalles, atraído
al verse multiplicado,
reflejado en mí. Dijo: Niña,
veo que has aprendido que la forma
de conquistar es dividir.

Papá,
esta noche quiero ponerme ese vestido para ti,
sacarte de ese sudario de silencio
y llevarte a una fiesta,
donde podamos bailar hasta que la mujer que tú amarás
atraiga tu atención y puedas recordar
las palabras de tu canción
y todo pueda comenzar de nuevo.

El sombrero de mi abuelo

A la memoria de Basiliso Morot Cordero

No puedo dejar de pensar en ese viejo sombrero
que lleva en la tumba: el último regalo
de amor de su esposa antes de que cayeran
en el hábito del silencio.

Olvidado mientras las hijas escogían
la ropa para el entierro, estaba
sobre su cómoda como siempre lo había estado:
piel vieja, perfumada con su ser individual,
flexible como un viejo compañero, listo para ir
a cualquier parte con él.

La nieta menor se acordó
y corrió tras su padre, quien llevaba
el traje crema del anciano —el que se ponía para las bodas,
los bautismos y las elecciones— como un niño
sin vida en sus brazos: No te olvides
del sombrero de Abuelo.

Lo había visto sujetar el viejo sombrero en su falda
y acariciarlo mientras hablaba de los buenos tiempos
y, cuando salía, colocárselo en la cabeza
como una bendición.

Mi abuelo, quien creía en Dios,
el Anfitrión Gentil, Propietario de la Hacienda Más Grande.
Que así sea. Que el cielo
sea una isla en el sol,
donde un hombre bueno pueda llevar su sombrero con orgullo,
feliz de poder traerlo consigo.

La sangre

Se la echaron en las venas
hasta que se volvió otra persona, un borracho que trata
de levantarse de la cama de hospital, donde las sábanas manchadas
son un testamento de vergüenza de las noches anónimas
pasadas con el desconocido en el que se ha convertido su cuerpo.

Desliza los pies primero,
como un niño, con la esperanza de que las piernas no lo traicionen.
Pero se marea al mirar hacia las losetas que reflejan.

Sosteniéndose de las barandillas,
se ve tendido en el piso, hasta que la enfermera
lo toma del codo y lo lleva a la luz del sol.
Afuera, lo lastima un mundo donde cada superficie
es un espejo de acero o de plástico.

No hay lugar
para un anciano que evade su propio rostro como a un amigo
al que ha ofendido.

La vida de un eco

Hasta Manuel,
prefería la compañía de las sombras
al amor vagabundo de los hombres.
                          Un día,
llegó a mi puerta para aplacar su sed,
impaciente por encaminarse
hacia cualquier lugar.
                          Me atrajo
su forma rápida de hablar,
la banderita roja de su lengua
que avisaba sobre las intenciones de su cuerpo.

Empecé a entender cómo el viento
puede hacerte sentir desnuda.
Cuando tomó mi rostro entre sus manos,

fui el caos en el primer día,
a la espera de la Palabra.
                          Sin embargo, después
de que respondimos al llamado de la carne, nada
quedó sino el vacío profundo del valle,
que devolvía mi voz.

Juana: Una vieja historia

Aunque su casa queda campo adentro,
Juana puede escuchar las campanas de las vísperas claramente.
No ha pisado una iglesia desde que perdió
al hijo. Reza a solas. Tres meses

sin saber de Carlos, y la última carta
no albergaba esperanzas para ellos con su cháchara de nieve
que caía del cielo como coco rallado, el chiste
de que era que la Virgen María estaba haciendo golosinas
para los santos. Juana se persigna por la blasfemia.

Sus días habían sido una serie interminable
de latidos; noches, un río lento en el que ella flota,
dolor como de un animalito que escarba en el fondo enfangado
del pasado. De rodillas junto a la ventana

que da al pueblo que se hunde en la oscuridad, los techos
y las agujas de las iglesias levantadas en nubes anaranjadas
que son las manos ardientes de Dios, ella aspira
el aire tibio, vegetal. Por las noches,
al regresar del campo, su hombre una vez le había traído
el aroma de cosas que crecen —granos de café, caña—
en la piel. Juana cuenta Ave Marías en su rosario,
dándole a cada cuenta roja el nombre de un niño: Rosita,
Ramón, Jazmines, José.

El lamento del campesino

Es Miércoles Santo, y Cristo espera
para morir. He dejado mis campos oscuros y húmedos
por la lluvia de anoche para tomar el sacramento.
Mi rostro está surcado con cenizas. Regresa,
Mujer. Sin ti,
                    soy un lugar vacío
donde las arañas se arrastran y nada echa raíces.
Hoy, al tomar la hostia, recordé
tus manos —incienso y tierra, yemas
como uvas blancas que me llevaba a la boca
una a una.
                    Cuando entro en la casa,
me resiste como una mujer enojada. Nuestra habitación,
tus cosas, la cama —una penitencia
que ofrezco por Cuaresma. Al despertarme contigo,
me llenaba de la mañana
con dulces bocanadas de mangó. Al verte dormir
quise que mis sueños fueran parte de ti.

Pero las nubes no se pueden cosechar, ni los hijos
se pueden concebir sólo por desearlos.

         En el viento que puede viajar
hasta donde te has ido, te envío este mensaje: Allá,
en un lugar que no olvidarás, un hombre sencillo
se ha visto impulsado a maldecir el sol naciente y a poner en duda
la obra inconclusa de Dios.

Las Magdalenas

Cuando todavía está oscuro,
se cubren con un chal las lentejuelas,
sacan las piernas enfundadas en medias negras
de limusinas estacionadas a una
o dos cuadras. La misa de las cinco de la mañana
se prefiere, es conveniente.   Al entrar en la nave oscura
empiezan a despojarse de la vida: perfume
viciado absorbido por el incensario
que el monaguillo angelical mece
mientras guía al hombre soñoliento
con vestiduras escarlatas —no menos espléndidas
que los trajes de noche de las mujeres—
al altar —el hombre de manos suaves
que no toca mujeres, el que
puede arrojar a los mercaderes
de los templos de sus cuerpos.   Cada domingo es lo mismo,
como barrer la arena de una casa en la playa.
Inclinan la cabeza para aceptar
lo que se le prometió a Magdalena.
El hombre cansado les sirve humildemente
a la mesa de su señor. Rompe el pan
y vierte el vino inagotable.

«La paz esté con ustedes». Las despacha
una hora antes del amanecer. «Y con usted»,
responden al unísono, bostezando
dentro de sus mantillas, listas ahora
para las sábanas limpias de su absolución.

Olga inmigrante de Puerto Rico

Después de un día de dos turnos en la factoría de tela de mahón,
Olga entra en la bodega a comprar una botella
de vino tinto dulce y una cajetilla de Salems.
Huele a mahones nuevos. Suspirando
su cansancio, se recuesta en el mostrador
mientras Mario le da el cambio,
alineando monedas de veinticinco, cinco y diez centavos
en un camino plateado hasta la palma de su mano.

Olga se ríe y empieza a cantar
una vieja canción de la Isla con voz de melao,
jugo de caña de azúcar: canción muy dulce
y dolorosa. Tararea bálsamo de sol caliente
en sus extremidades cansadas, invoca un viento del océano
que la hace ponerse de pie,
y los hibiscos le ruborizan
las mejillas.

Mario toca bongós suaves y seductores
en la formica, la observa alejarse,
sus caderas llevan el compás de su ritmo.

En la calle,
Olga forcejea contra el frío. Acunando la botella
entre sus pechos, se apresura hacia la casa
apenas unos pasos antes de que anochezca.

Querido Joaquín

Tal vez ésta nunca llegue a tus manos. Es poco probable que lo haga. Mientras tu mamá esté vigilando el nido como gallina celosa y Rosaura te mantenga endrogado con sexo y sus brebajes de bruja. Tienes suerte si todavía sabes tu nombre, mucho más si te acuerdas de mí, la mujer que de veras te quiere. Joaquín, te espero en los Estados Unidos. Mi amor, regreso a casa de la fábrica cada día y encuentro un cuarto vacío y frío. Estoy bebiendo una copa de nuestro vino favorito —una vez dijiste que mi piel sabía así— y te estoy escribiendo, sellando todas mis esperanzas en este sobre. Esto es insoportable, mi amor. ¿Cómo fuiste capaz de abandonarme cuando más te necesitaba? ¿Sabías que después de que mi madre nos agarró en la playa esa noche me encerró en mi cuarto y llamó al cura para que me confesara? Me sentí como un asesino condenado a muerte. Le dije que casi tenía dieciocho años, que era una mujer, mayor que mi madre cuando me tuvo. Me negó la absolución y se marchó de la casa. Mamá entró gritando «mala, perdida», y dijo que ya no era su hija. En mi cumpleaños ese domingo, Joaquín, recibí dos regalos de mi familia: una maleta y un viaje de ida a la Ciudad de Nueva York. Pero te tienes que haber enterado de todo esto. Al principio, pensé que vendrías por mí, pero han pasado diez meses y ni una palabra. Mi hermana por fin me escribió que te estabas escondiendo en casa de tu madre, de la ira de mi madre y la lengua del cura, y sobre Rosaura. Tú, escondido como un niño asustado. Tú, mi valiente Joaquín de la noche, mi valeroso Joaquín de la luna, la arena, la piel y el vino. Escondido detrás del gran fondillo de tu mamá, debajo de las faldas de mambo de Rosaura. Te escribiré todos los días de este largo invierno. Mis cartas se acumularán como una nube de tormenta sobre el cielo azul y claro de la Isla hasta que estallen en un aguacero. La pasión que despertaste en mí te perseguirá, Joaquín, hasta que yo vuelva a casa a reclamarte. Eres mi hombre. Mientras tanto, olvídate de Rosaura. Esa bruja te tiene hechizado. No comas nada de lo que cocine. Y conserva mi imagen en tu mente, Joaquín. Si esta página te llegara, escríbeme y dime cómo se está en la playa ahora. Dime qué te parece sentir el sol en la piel en noviembre.

Amor y besos,
Olga

Lydia

Hace veinte años que no la veo —entonces cae en picada entre los parientes enlutados para el entierro de mi padre. Lydia me dice que ha encontrado a Dios en la Ciudad de Nueva York. Puedo ver que no lleva maquillaje y que la falda le cubre las rodillas. Tiene agarrada una Biblia sobre la falda como si fuera una carterita negra. La última imagen que guardo de ella es una vista panorámica desde la ventana de mi habitación: la veo salir, con su abrigo color crema, de un Mustang color rojo empañado que la lanza a la calle como bolsa estrujada y luego sale chillando gomas en la oscuridad. La dejé entrar de su cita prohibida, le mentí a su madre por teléfono —*Tía, no nos dimos cuenta de la hora, ¿puede Lydia pasar la noche conmigo?* Me arriesgo a ser castigada, desterrada de la casa de mi piadosa tía, por la emoción de segunda mano que Lydia me ha prometido, el recuento de su expoliación. El tiempo la ha robustecido. Llena a capacidad la blusa, estira las nesgas y pone presión sobre las costuras. Y lleva el peso de la revelación como un arca sobre sus hombros anchos. Aunque le inspecciono el rostro buscando un indicio del viejo humor, tratando de que nuestros ojos se encuentren en viejas conspiraciones, sus pupilas son duras y lisas como las piedritas que solía llevar en su cartera para anunciar sus regresos del pecado tirándolas a mi ventana. En pago me traía una cosecha venial en el olor a humo de su cabello, un cenicero de hotel, fósforos que anunciaban ardides para conseguir dinero fácil y, una vez, un pañuelo de hombre con las iniciales de alguien a quien nunca más volví a mirar a los ojos en las reuniones familiares. Las guiñadas de Lydia desde el otro lado de la sala eran una clave en código para los secretos que compartíamos. «Él está en todas partes», dice ahora, y como que espero que presente las pruebas que trae en su bolsota: *tangibles*, como yo llamaba a los artefactos que me traía de sus incursiones. En cambio, saca un librito de salmos y lo coloca entre nosotras sobre el sofá. Se despide con un abrazo rápido y una bendición, y se apresura a salir de mi casa, dándome lo que todavía cree que es lo único que necesito: una muestra de su experiencia.

Vida

Mi amante es el viejo poeta Gabriel,
quien vive en una montaña,
muy por encima del resto de nosotros —en el lugar, dice,
donde anida la tristeza.

El día empieza con el primer llanto de un niño,
Gabriel escribe sus lamentos por una época,
entonces se lo roba un desconocido vestido de negro.
                                        Por las noches
cuando la luna ilumina el camino,
subo la colina rocosa hasta su casa.
Él siempre está a la ventana, a mi espera
o la del amanecer; no le pregunto.

Cuando estrecho a este anciano en mis brazos,
de cuerpo delgado y ligero como huesos de pájaro, me siento
como si estuviera calentando un gorrión herido.
Sus ojos grises se están oscureciendo. Está escribiendo palabras
para el tallador de lápidas.
                        Para el otoño,
estaré recogiendo flores para su tumba:
una canasta llena de aves del paraíso,
las que él llamaba en un poema una bandada
de cacatúas de cresta amarilla. Recogeré
llama del bosque, la flor anaranjado encendido
que le gusta ver en mi cabello negro.

Esparciré estas flores
sobre el cuadrado de tierra que él ha escogido:

en el lugar donde el cielo toca la tierra
y una ceiba le ha ofrecido al hombre la sombra
durante medio siglo.   Allí, ha descansado,
recostado contra el tronco suavizado por el tiempo
a observar las cotorras silvestres posarse al atardecer,
reverdeciendo las ramas como hojas nuevas; allí, también,
ha escuchado sus murmullos
hasta que la llegada de la noche las enmudecía.

                                    Ahora está esperando
para darme la bienvenida con vino y flores.
Me tomará entre sus brazos y me llamará Mi Vida:
su vida. Me quedaré con él
hasta que salga el sol.

Paciencia

La mujer más vieja del pueblo, Paciencia,
predice el tiempo por el vuelo de los pájaros:
«Hoy va a llover a cántaros», dice,
frunciendo el rostro en un misterio de arrugas
mientras lee el cielo —«mañana,
va a diluviar».
        Paciencia se mueve
con la gracia de un fantasma, caminando inadvertida
por los caminos bordeados de ojos suplicantes
y manos codiciosas, vestida de la invisibilidad
de su avanzada edad.
        Paciencia se chupa la carne de los higos
con encías desdentadas; duerme poco —arrastrando los pies
por habitaciones vacías de noche, poniendo las cosas en orden,
respirando el polvo
que mozalbetes despreocupados levantan al pasar.
Tararea mientras teje un interminable diseño
de líneas que se cruzan; ladea la cabeza a veces,
como si escuchara en el viento su nombre —
la danza de sus huesos evidente a través de la piel
        delgada como papel
mientras trabaja— como un pájaro atrapado en un saco.

        Y Paciencia hace
lo que a Paciencia le agrade, tras haber sobrevivido las reglas.
Lava las extremidades de los muertos tiernamente como bebés

que se preparan para tomar una siesta; consuela a las viudas.
Y mientras el mundo a su alrededor se abrasa y se congela,
ella cuida las tumbas de los que recuerda,
encorvándose más hacia la tierra, como un árbol viejo,
ofreciendo albergue, ofreciendo sombra.

Viejas

Paquetitos, oh sí,
todas las viejas hacen paquetitos
y los guardan debajo de la cama.

—José Donoso,
El obsceno pájaro de la noche

Evidencia de *la vida dura de una mujer*
en rostros surcados de significado
como la Piedra Rosetta; una letanía
de achaques, marcas de miedo, noches de dolor, conocimiento
de la soledad, de vergonzosos secretos de familia,
y el éxtasis ocasional que te retan a descifrar.

Guardados debajo de colchones quejosos están los residuos
de las vidas envueltas en paquetitos, sellados o
atados con cordón: fotos de bodas
amarillentas por el tiempo y la humedad, de parejas
tiesas como cadáveres tan separadas
como el marco lo permita, de niños serios
agarrados por mujeres en vestidos severos. En bultos,
montones de revistas se convierten

en una masa húmeda; bolas de cordón, ropas de bebé de raso
    resquebrajado
y encaje hecho jirones, zapatos encogidos —homogenizado,
todo ello aterciopelado al tacto,
convirtiéndose, en el aire cargado de toses húmedas y té,
en lo que fueron una vez —papel en pulpa, tela en fibra,
cenizas en cenizas.

Las viejas se sientan como gallinas sobre sus paquetes suaves,
nido y guardería de sus últimos días, dejando
que la emanación de los recuerdos, su punzante olor
de descomposición atraviese los canales tupidos
de sus cerebros, presidiendo los días
como un sueño de opio.

El Café de Corazón

I

Corazón sabía que debía regresar al apartamento ahora. Era pasada la hora de cerrar, y pronto la calle estaría desierta. Pero aquí, en el café, entre los anaqueles que ella y Manuel habían abastecido juntos, se sentía menos sola de lo que se sentía en el apartamento. Había sido su hogar entre los vecinos del barrio que también habían sido sus clientes durante diez años. Aunque a menudo había hablado de mudarse a una casa en las afueras, especialmente después de que la tienda había empezado a pagarse con lo que ganaban, ella sabía que a Manuel le encantaba El Building por las mismas razones que otros lo odiaban. Tenía vida. Estaba lleno de las energías vitales de generaciones de otra gente de la Isla; las escaleras se hundían por el peso de sus cargas y las paredes habían absorbido los olores de su comida. El Building se había convertido en su país ahora. Pero Corazón no sabía si podría considerarlo su hogar ahora que Manuel se había ido.

Corazón estaba sentada detrás del mostrador como si esperara una avalancha de clientes a esa hora. Pero lo que le llegaron fueron los recuerdos. Desde donde estaba sentada, podía leer las etiquetas de las latas que le hacían recordar la forma especial que Manuel tenía de hacer las cosas.

Habichuelas coloradas, las latas que ellos habían apilado en una pequeña pirámide. Al lado había saquitos de arroz de grano largo que a los puertorriqueños les gusta comer. La única lógica que Manuel seguía al abastecer las tablillas se basaba en una idea que él tenía de lo que la mayor parte de la gente quería ver en una tienda del barrio: alimentos que se comían juntos presentados de forma atractiva en una misma área. El arroz y las habichuelas estaban juntos, con plátanos cerca, así como latas de rebanadas de pana, calabaza y otros platos de acompañamiento para inspirar comidas más creativas. Toda la tienda estaba organizada según posibles combinaciones, y había una sección «internacional» donde se exhibían por nacionalidad productos importados para otros clientes latinoamericanos. Productos exóticos enlatados de Brasil, refrescos de frutas «cubanos» ahora embotellados en Miami, frijoles negros de México y dulces surtidos de varios países de América del Sur con nombres raros como suspiros y merengues.

Si se inclinaba, podía oler el café fresco que guardaban en una caja sobre el mostrador para obsequiarles a los clientes. El aroma la hizo regresar a la época cuando ella conoció a Manuel.

II

Había sido una tarde calurosa en la Isla. Él salió a atenderla de donde había estado moliendo granos de café detrás del mostrador del mercado González, adonde ella había entrado con el rostro surcado de lágrimas, después de una discusión con su padre. La había mandado a comprar una botella de ron Palo Viejo.

Manuel había metido la botella en una bolsa de papel, sin quitarle los ojos de encima. Le había tocado la mano con los dedos cuando se la dio. Luego, ella había olido el café fresco en su piel. Había evitado lavarse esa mano durante todo el día porque, al llevársela a la nariz, podía recordar el placer de su contacto.

Y su rostro era hermoso. Ella siempre había pensado que no era bueno decir esto de un hombre, pero por ser una mujer insignificante que siempre se fijaba en la belleza en los otros, se consideraba una juez imparcial sobre ese tema. Y Manuel tenía un rostro tan bello como el de Jesús en esos cuadros donde te está ofreciendo su Sagrado Corazón. En esa época, Manuel también tenía barbita (que se había dejado crecer para aparentar tener más de dieciocho años cuando solicitó el trabajo en la tienda). Pero la barba sólo enmarcaba y suavizaba sus facciones. Sus ojos eran almendrados, con pestañas largas que ensombrecían las mejillas cuando miraba hacia abajo para sacar la cuenta de un cliente. Sus labios invitaban a besar: carnosos y sensuales.

Lo que más le atraía a Corazón de Manuel era el hecho de que Manuel no parecía darse cuenta de lo guapo que era. Trabajaba doce horas en el mercado, entonces se iba a casa a ayudar a su madre viuda a cuidar de la casa y de la parcelita donde tenía sembradas unas cuantas hortalizas. Subsistían del sueldito de Manuel y del dinero que la madre se ganaba de cocinar para las fiestas de otras personas. Así fue que Manuel aprendió a cocinar, de ayudar a su madre en la cocina.

El caso de Corazón era lo contrario. Su madre había muerto de parto, dejándola al cuidado de su hermana mayor. Consuelo no era más que una niña cuando tuvo que hacerse cargo de la casa. El padre era un bebedor empedernido, que se había vuelto más retraído y amargado con los años. Era el proveedor, traía dinero de su trabajo de capataz de la fábrica, pero parecía indiferente a las necesidades emocionales de las hijas. La rabia y la violencia siempre eran posibles cuando él estaba en casa. «Anda a buscarme una caneca de Palo Viejo», era su acostumbrado saludo a Corazón por la noche. Para cuando tenía dieciocho años, la tarea se había vuelto una humillación insoportable. Pero si no era Corazón, tendría que ser la hermana, Consuelo, quien era mayor y estaba comprometida en secreto con un hombre que le había advertido (o así le había dicho Consuelo a Corazón) que si el viejo la obligaba a comprar ron, él vendría y le daría una pela que lo dejaría sin sentido. No querían más violencia en la casa, ¿verdad? Además, a los veinticinco años, Consuelo creía que ésta era su última oportunidad de casarse. Consuelo le había prometido a Corazón que esperaría hasta que Corazón terminara la escuela secundaria, entonces se casaría y se iría del pueblo.

Conocer a Manuel le dio a Corazón esperanza y un plan para el futuro. Lo había amado inmediatamente. Pero él era tan tímido que ella se dio cuenta de que tendría que dirigir el galanteo. Empezó yendo bajo cualquier pretexto al mercado, donde practicaba el arte de seducirlo con los ojos. Lo miraba como había aprendido de las películas mexicanas en el cine. Pero él simplemente parecía avergonzado y bajaba los ojos confundido. Como Corazón era consciente de que no era hermosa, al principio pensó que él la estaba rechazando de forma gentil. Pero la atracción era verdadera. Podía detectar el espacio cargado de electricidad que había entre ellos cuando él se encontraba frente a ella al otro lado del mostrador. Él era demasiado tímido para hablar. Por fin Corazón decidió actuar. Un día le pasó una nota con el dinero mientras le pagaba por los víveres. Sólo decía: *Manuel, reúnete conmigo detrás del mercado esta noche a las nueve.* Entonces se fue rápidamente antes de que él pudiera decir que no. Era un plan arriesgado. Tenía que convencer a Consuelo de que la ayudara a llevarlo a cabo.

Después de cenar, el padre solía sentarse a solas en su habitación a escuchar la radio. Consuelo y Corazón debían lavar los platos, hacer las camas y dedicarse a coser, leer o alguna otra actividad «silenciosa» hasta que él declarara que era hora de acostarse a eso de las diez. Nunca entraba en la habitación de ellas, sin embargo, y era posible que una se escabullera por la ventana que daba directamente a un patio cubierto de maleza. Los árboles de guineos, el inmenso árbol de pana y las diversas plantas que la madre una vez había cuidado pero que ahora eran como un bosque proveían una estupenda protección. De tantos años de jugar entre esos matorrales cuando eran niñas, ambas sabían encontrar a la luz de la luna el camino hacia la carretera. Hasta entonces, había sido Consuelo la que se había escapado para reunirse con su hombre. Esta noche sería Corazón. Consuelo expresó preocupación por la decisión de la hermana, pero también le dijo a la radiante muchacha que el amor la hacía verse casi hermosa esa noche. Corazón se sonrió irónicamente cuando oyó lo de «casi hermosa», pero se sentía demasiado emocionada como para permitir que las palabras de su hermana la hirieran como solían. Consuelo se ofreció para cepillarle la lustrosa cabellera negra. Era lo único de lo que Corazón se sentía orgullosa —tenía un cabello hermoso como su madre. Se examinó el rostro cuidadosamente ante el espejo. No se consideraba vanidosa, pero para Manuel, deseaba ser más bonita. El rostro de Corazón era el resultado de la historia de Puerto Rico. Sus pómulos altos y ojos ovalados le venían de los antepasados taínos y africanos por parte de su padre. De los antepasados españoles por parte de la madre, Corazón había recibido la nariz aguileña, el cabello negro rizado y la tez clara, entre cobriza y morena. Corazón deseaba ser más delgada; su abundante busto la hacía verse más gorda de lo que era. Deseaba parecerse más a la madre, quien, como Consuelo, había sido una mujer menuda de rasgos delicados y piel de porcelana. Ella sabía esto por la foto de bodas que el padre tenía en la cómoda. Lo había visto contemplarla por mucho rato mientras bebía y escuchaba canciones viejas por la radio.

Corazón salió por la ventana con la ayuda de su hermana.

—Recuerda, te estaré esperando en dos horas, —le susurró Consuelo—. Y por favor, Corazón, no . . . —Iba a empezar a sermonearla sobre no hacer una locura, algo de lo que pudiera arrepentirse, pero ya Corazón se había dado la vuelta y se estaba lanzando a las sombras del jardín.

Manuel la estaba esperando en los escalones detrás de la tienda. Su propio arrojo la había hecho sentirse atrevida, y se inclinó hacia él y lo besó en la boca. Sabía a fruta dulce y húmeda recogida directamente del árbol del verano. Él la atrajo para que se sentara a su lado en los escalones de cemento.

—Corazón —pronunció su nombre por primera vez— ¿qué vamos a hacer? —Ella supo inmediatamente lo que tenía que decir, y así sería siempre. Manuel le pediría que tomara las decisiones importantes y ella siempre lo haría.

—Cásate conmigo —le dijo ella.

—Tengo que cuidar a mi madre. No se encuentra bien de salud, y sólo me tiene a mí.

—La cuidaremos juntos, Manuel. —Corazón se sentía como

alguien que se lanza al océano desde un barco que se hunde. Haría cualquier cosa con tal de estar con este hombre. Sentía que el destino, una fuerza poderosa, se apoderaba de su vida.

Esa noche comenzaron a hacer planes. Corazón terminaría la escuela ese año, entonces anunciarían el compromiso. Le resultaba fácil tomar la iniciativa con Manuel. Ella ponía su boca ávida sobre la de él, y él respondía con una ternura y una pasión que ella podía controlar con sólo desearlo. Él parecía calcular las necesidades de ella y darle cantidades exactas de pasión —ni más ni menos. Él sonreía y asentía con la cabeza mientras ella empezaba a hacer planes para el futuro, incluso esa primera noche cuando no sabían mucho uno del otro, no más de lo que los cuerpos les decían —que querían estar juntos más que nada en el mundo.

Manuel acompañó a Corazón a la casa, hasta el árbol inmenso a la orilla del jardín invadido de yerbajos. Se abrazaron por largo tiempo, entonces se despidieron discretamente con la promesa de volver a reunirse dentro de pocas noches. Corazón se encaramó por la ventana de la habitación, donde Consuelo se hallaba sollozando en su cama.

—¿Qué pasa, Consuelo? —Corazón acarició el cabello de la hermana. Temía que algo horrible hubiera sucedido en la casa, ya que Consuelo lloraba tan intensamente que todo su cuerpo se estremecía entre los brazos de Corazón. Después de unos minutos, Consuelo se incorporó en la cama y recostó la cabeza en la falda de la hermana, permitiendo que Corazón le limpiara las lágrimas del rostro.

—Es Papá. Encontró las cartas que le escribo a Gustavo y está furioso. Ay, Corazón. Me llamó a la sala y lo pasé muy mal cuando tuve que explicarle por qué tú no estabas allí conmigo. Le dije que tenías fiebre y que te habías tomado un medicamento. Pero estaba demasiado enojado como para interesarse por ti. Quiere que Gustavo venga mañana. Tengo tanto miedo.

—¿Cómo encontró las cartas, Consuelo? —Corazón sabía que el padre no entraba en las habitaciones de las hijas, de la misma forma que evitaba los lugares y a las personas que le recordaban a su esposa. Ni siquiera permitía flores en la casa, porque ella siempre había tenido plantas en el hogar. Su pena lo había volcado hacia afuera y llevaba toda su amargura en la superficie de la piel. Se había encerrado en su habitación con su botella y trataba a las hijas como si fueran malos recuerdos, evitando mirarlas a la cara, una combinación de la suya y la de su querida esposa, pero las vigilaba celosamente.

—Las había puesto en mi misal. Supongo que lo dejé en la mesa por equivocación. Debe haber visto los papeles que sobresalían.

Corazón alzó suavemente el rostro de su hermana y la miró profundamente a los ojos. Se levantó de la cama y se dirigió a la cómoda. No tardó mucho en darse cuenta de que Consuelo había querido que el viejo encontrara las cartas. Su hermana tenía la costumbre de manipular los eventos para su conveniencia. Aunque Corazón quería a Consuelo muchísimo, a veces se había sentido herida y ofendida por las artimañas que solía usar para conseguir lo que quería. Parecía que, al tener que aceptar las responsabilidades de la casa de un viudo y el cuidado de una hermana menor, Consuelo había decidido que nunca podría confiar en que nadie la trataría justamente, así que guardaba secretos y manejaba a la gente. Ahora aceleraba su futuro antes de que Corazón pudiera adelantársele demasiado. Corazón sabía lo que pasaría en los próximos días. Se fijaría una fecha para la boda de Consuelo y Gustavo, y así se salvaría la dignidad del padre.

—Consuelo, yo pensaba que ibas a esperar a que yo terminara la escuela antes de casarte con Gustavo. —El tono de voz de Corazón le dio a conocer a la hermana lo que sospechaba. Consuelo saltó de la cama abruptamente, secándose las últimas lágrimas.

—Si eres lo suficientemente mayor para estar con un hombre, querida hermanita, también lo eres para cuidar de ti misma.

Ése fue el preciso momento de la vida de las hermanas en el que Corazón empezó a entender que, en asuntos de amor por un hombre, la lealtad familiar pasa a segundo lugar. El interés maternal de Consuelo hacia Corazón se evaporó cuando sintió que ésta le usurpaba el derecho de casarse primero que le correspondía por ser la hija mayor. Había llegado a esta conclusión mientras esperaba que su hermana menor regresara de su cita.

La boda se planeó rápidamente. Fue una ceremonia sencilla en la casa, ya que don Emilio, el padre, no estuvo de acuerdo con acudir a una iglesia. Sirvió de testigo la tía, quien le trajo flores a la novia, a pesar de la prohibición de su hermano, y preparó la comida para los padres del novio. La pareja se quedaría con la familia de él primero, luego se irían para Nueva Jersey, donde el padrino de Gustavo, que era dueño de un garaje, le había ofrecido trabajo de mecánico. Consuelo se veía muy hermosa vestida de novia, algo doloroso para el padre, porque se parecía tanto a su esposa. Justo después de que el sacerdote dio la última bendición, don Emilio se retiró a su habitación, cerró la puerta y no tuvo nada que ver con la fiesta. Corazón ayudó a su hermana a cambiarse de ropa para ir a pasar la luna de miel de una noche en la cercana ciudad de Ponce. Aunque había habido tensión entre ellas durante las últimas semanas, le agradecía a su hermana todos los años de cuidado abnegado. De pie detrás de Consuelo, que estaba sentada frente al tocador, la ayudó a quitarse la coronita de azucenas frescas.

—Que seas feliz —le dijo, y lo dijo sinceramente.

Pero la vida de Corazón en casa de su padre sin la compañía de su hermana se volvió un tormento diario. Al regresar del trabajo, el viejo se encerraba en la habitación a beber, y no salía hasta la mañana siguiente. No le hablaba a Corazón a no ser para mandarle que hiciera algo en la casa o que fuera a la tienda para comprar lo que más necesitaba en esos días sombríos: cigarrillos y ron. Al sentirse desesperadamente sola, una noche Corazón miró por la ventana y decidió dirigirse hacia un punto de luz específico a la distancia —la casa de Manuel.

Encontró el camino casi en medio de una oscuridad absoluta. La casa de la madre de Manuel se encontraba aislada a las afueras del pueblo, y los faroles de la calle daban paso a un camino de tierra mucho antes de que empezaran varias cuerdas del terreno que poseían. Corazón tropezó y se cortó con las rocas afiladas, y al llegar a una quebrada, se cayó al agua antes de poder encontrar las pasaderas a la luz de la luna. Cuando llegó, estaba herida, sangraba y el vestido ligero que llevaba estaba empapado. La casa emergía por encima de ella en zancos.

Corazón se sentó en la tierra donde podía ver a Manuel moviéndose detrás de las cortinas transparentes como una figura en un sueño. Estaba exhausta, y él parecía fuera de su alcance. Se permitió llorar un poco, mientras lo observaba apagar la luz y cerrar las persianas contra los mosquitos preparándose para acostarse. Corazón corrió hacia la casa y se le presentó ante sus ojos estupefactos.

—¡Corazón! —No podía creer lo que estaba viendo. Pero ella alargó los brazos hacia él y, sacando medio cuerpo por la ventana, él la agarró y la haló hacia la habitación. Sin decirse una palabra, se unieron en la habitación oscura que olía a la leche tibia endulzada con canela que él bebía por las noches, a jabón y a colonia de hombre. Él le desabotonó el vestido y la secó con su camisa de algodón, y se arrodilló en el piso y le quitó las sandalias. Entonces la levantó en los brazos y la llevó a su cama, donde ella temblaba hasta que él cubrió su cuerpo con el de él.

Él seguía repitiendo su nombre, «Corazón, Corazón», como si estuviera hablando consigo mismo, advirtiéndose que debía ser tierno con ella. La besó en la boca hasta que ella se sintió en confianza de besarlo a él, y sólo cuando ella dejó que su cuerpo respondiera a sus manos él la penetró suavemente. Fue paciente cuando ella sufrió el primer dolor, luego placer tan intenso que se rió en voz alta de la sorpresa. Él le dijo: «Shh, mi Corazón, Mamá está ahí». Señaló hacia la pared. Corazón sintió miedo de que la madre los hubiera oído. Pero el deseo era más fuerte que la precaución, e hicieron el amor otra vez, en silencio, hasta que se quedaron dormidos, exhaustos, cuando ya era casi de día.

Para Corazón, dormir entre los brazos de Manuel había sido tan natural como respirar. La primera mañana en casa de la madre, sin embargo, comenzó al despertarse a solas en la habitación de Manuel. Escuchó la voz dulce de la mujer al otro lado de la pared delgada y la voz más profunda de Manuel que le respondía. Pero no podía entender las palabras. Pensó saltar por la ventana y regresar corriendo a su casa. Tal vez podía colarse en su habitación antes de que el padre se diera cuenta de su ausencia.

Mientras se ponía apresuradamente la ropa que olía al agua enfangada que la había salpicado, Manuel entró con un vestido de mujer amarillo brillante en el brazo. Se lo dio y, sonriendo, le dijo: «Mi madre cree que te quedará bien».

Corazón nunca había conocido a nadie como doña Serena. Era tan delgada que las venas de los brazos se le podían ver a través de la piel como líneas azules en un mapa. Llevaba el cabello canoso recogido hacia atrás en un moño apretado. No había ni pizca de maquillaje en su rostro, que recordaba vagamente el de Manuel —por la oscuridad de las pupilas y la frente alta. Pero se veía menudita y frágil —casi como un espíritu.

Manuel le había dicho a Corazón que su madre no se encontraba bien, pero ambos trabajaban constantemente. Esa primera mañana cuando Corazón había salido tímidamente de la habitación de Manuel con el vestido amarillo, que le quedaba demasiado apretado, doña Serena la había recibido con la mesa puesta para tres personas. Sin decir media palabra, doña Serena le había hecho seña para que se acercara y le había dado un beso en la mejilla a la temerosa muchacha. Mientras desayunaban un delicioso pan casero y mermelada de guayaba, madre e hijo habían discutido los planes para el día, incluyendo la boda. Temprano esa mañana doña Serena había hecho los arreglos para que el sacerdote los casara ese mismo día en una sencilla ceremonia en la sala de la casa. Cuando se dirigía a hablar con el sacerdote, había pasado por la casa del padre de Corazón. Don Emilio se había negado a hablar con ella, diciendo sólo que ya no quería saber nada más de Consuelo ni de Corazón. Doña Serena había empacado en una bolsa unas cuantas cosas para la muchacha. La boda se celebraría después de que Manuel regresara de la bodega y antes de preparar las tres docenas de pasteles que un cliente nuevo les había encargado. Corazón había mirado a la anciana con asombro mientras ella le decía todo esto muy calmada. Se sentía en paz, sentada en la cocina soleada con estas dos personas a las que ahora habría de llamar su familia. Después de que la madre se fue para la cocina, Manuel le preguntó a Corazón si estaba de acuerdo con los planes de doña Serena. Corazón le aseguró que nunca se había sentido más feliz. Era como si otra vez tuviera una madre que se ocupara de ella.

Y aunque había poco dinero, los tres podrían haber vivido felizmente de no haber sido por dos cosas terribles que ocurrieron una tras otra rápidamente. Durante el primer año de matrimonio, doña Serena había empezado a sentir dolores espantosos en el pecho. Al principio, no quiso ir al médico, pero Corazón por fin la convenció al decirle que ella también tenía que ir.

La anciana se había convertido en su confidente en los seis últimos meses. Aunque hablaba poquito, escuchaba atentamente durante horas cuando Corazón le contaba la historia de la muerte prematura de su madre y la amargura de vivir con un padre alcohólico. Las dos mujeres trabajaban juntas todo el día. Por la mañana, se ocupaban del huertito. Por la tarde, preparaban ollas gigantes de ingredientes para los pasteles que Manuel llevaría a las casas de la gente cuando regresara del trabajo. Las noches le pertenecían a la pareja, mientras doña Serena miraba las telenovelas que le encantaban en el televisorcito que tenía en su habitación. El ruido que hacía el televisor les daba suficiente libertad para que los enamorados pudieran disfrutar uno del otro en la habitación al lado de la de ella.

Hacían el amor con las ventanas completamente abiertas para que entraran los olores de la Isla, todos concentrados en la propiedad de doña Serena —su huertito de hierbas en el cual el punzante olor a orégano superaba al de las otras plantas aromáticas, los pimientos de cayena, el sabroso culantro puertorriqueño, los pimientos y los ajíes que se usaban en los condimentos que impregnaban hasta la madera de la casa con el olor a comida preparada en su cocina todos los días. La brisa soplaba a través de los árboles que rodeaban y protegían la parcelita de tierra cultivada, y también añadía una fragancia especial de la papaya, de cuyas esbeltas ramas colgaba delicadamente su fruta, y las matas de guineo que, aunque no estuvieran cargadas de los guineítos niños que se derriten dulces en la boca cuando se fríen, todavía tenían las hojas que cualquier experto en cocina sabe que debe usar para envolver comida que va a ser hervida —para añadir el toque final de sabor y también para hacer que la comida sea un regalo que se celebra al desenvolverse. Manuel le susurraba estas cosas mientras estaban abrazados por la noche. Ella se reía de su amor por la cocina y su asombroso conocimiento de plantas y comida; no hacía mucho había pensado que estas cosas sólo les interesaban a las mujeres, pero las manos que le acariciaban el cuerpo también eran una revelación de lo que un verdadero hombre podía ser. Era un amante apasionado pero paciente, le enseñaba a alcanzar el placer máximo de su cuerpo. Su cuerpo. De pronto era algo maravilloso, su cuerpo; una fuente de placer para un hombre hermoso, y ahora ella llevaba a su hijo en sus entrañas. Después de hacer el amor, ella se ponía la mano de Manuel en el vientre. Medio dormido, él le decía: «Estás disfrutando de mi cocina, Corazón», y en broma, «hay más mujer aquí de la que adquirí cuando me casé».

Corazón sonreía en la oscuridad, con su rostro enterrado en el cuello de Manuel. Saboreaba el momento, aplazando darle la noticia hasta después de ir al médico con doña Serena al día siguiente. Doña Serena había expresado alegría y luego preocupación tras examinar el vientre de Corazón. Había sido comadrona por muchos años, aunque hacía tiempo que lo había dejado, cuando las fuerzas habían empezado a fallarle.

—¿Qué pasa? —Corazón se había dado cuenta de la ansiedad de doña Serena mientras sus manos trazaban la redondez tensa de su vientre.

—Puede que no sea nada, hija, sólo el temor de una vieja por su primer nieto, pero quiero que me prometas algo.

—¿Qué, doña Serena? —Corazón sintió un escalofrío por la columna, una sensación de que algo no andaba bien.

—Que no le dirás nada a Manuel de tu embarazo todavía. Mañana te llevaré al médico para que te hagan más exámenes. —Le había tomado la mano—. Con estas cosas es mejor estar segura, querida, a los hombres no les gusta desilusionarse en asuntos de bebés.

—Esperaré hasta mañana para decírselo a Manuel —le había prometido Corazón, con un temor que se le metió en el pecho y le hacía difícil respirar.

Y mientras la tarde pasaba con su lentitud acostumbrada, como suele suceder en el campo cuando los días son calurosos y húmedos, Corazón se olvidó de su ansiedad y habló con su suegra sobre el futuro —un tema al que doña Serena nunca contribuía mucho, sabiendo que no era para ella, aunque escuchaba con atención e interés, tratando de imaginar lo que ella no habría de ver. Por lo regular hablaban de Manuel, el centro de sus vidas entonces. Él quería abrir su propia tienda. No estaba contento con la forma estrictamente mercenaria en que su jefe administraba el mercado, sólo interesado en las ganancias. Manuel quería, incluso entonces, ofrecerle a la gente más que un lugar donde comprar los víveres; él quería crear el mercado ideal donde pudiera enseñarles a cocinar también. Doña Serena y Corazón sonreían mientras discutían la entrega misionera de Manuel hacia su sueño de una tienda. También se preocupaban por su salud. Aunque no pasaba a menudo, a veces a Manuel le faltaba la respiración y sufría de desmayos que hacían que se refugiara en una habitación a oscuras donde se acostaba en el piso hasta que volvía a recuperar el control de la respiración. Ponía pretextos para no ir al médico, pero las mujeres tramaban la forma de hacer que fuera. Con su acostumbrada reserva, doña Serena no decía mucho, pero Corazón intuía que la madre temía que lo mismo que le causaba dolor en el pecho, como si le clavaran una cuchilla mellada en medio de las costillas, también tuviera que ver con el problema de Manuel. Todo esto lo dejó de lado, sin embargo, después de que

Corazón le anunció su embarazo y especialmente después de que las expertas manos de comadrona descubrieron que una tragedia más inminente estaba tomando forma dentro del cuerpo de Corazón. El médico lo confirmó. El embarazo no podría llegar a su término. Ni ningún otro. El vientre de Corazón no podía mantener un bebé; no se podía estirar para acomodar a un feto vivo ni siquiera por el tiempo mínimo requerido. Nunca podría tener un hijo vivo. El médico recomendó un aborto inmediatamente y una histerectomía. Corazón se desplomó en los brazos de doña Serena. Y cuando Manuel entró en su habitación en el hospital antes de que la llevaran al quirófano, se hizo la dormida. No podía darle la cara.

Él fue más amoroso y tierno con ella después de eso. Una vez le dijo que ella era todo lo que él quería, que era más feliz que nunca. Pero al ver que el dolor de Corazón era demasiado aplastante para cualquier palabra de consuelo, nunca más volvió a mencionar el hijo perdido.

Doña Serena murió en su lecho. El médico se sorprendió de que no hubiera gritado. Se le había reventado una arteria. El dolor debió haber sido tan insoportable que había perdido el conocimiento o, de lo contrario, había decidido guardárselo para sí misma. Corazón pensaba en secreto que doña Serena siempre había aguantado más de lo que nadie sospechaba. Era la clase de mujer que se conoce como una sufrida —la que acepta el dolor y el sacrificio como lo que le corresponde y como un privilegio. Mientras Manuel lloraba por su santa madre, Corazón se sentía engañada. Se sentía enojada de que le arrebataran otra oportunidad de tener el amor y la compañía de una madre y, más injusto todavía, que ella misma nunca podría tener un hijo que completara su vida. Miró a Manuel arrodillado junto al ataúd, los hombros le temblaban cuando lloraba, y por primera vez vio que ahora ella tendría que ser fuerte por los dos. Tendría que tomarlo de la mano y llevarlo adonde él quisiera ir en la vida. Junto a la rabia, Corazón también sintió la fuerza que la llenaba de determinación. Él quería tener su propia tienda, pero no tenía idea de cómo lograrlo. Ahora ella tendría mucho tiempo libre. Empezaría a planear un futuro para los dos. ¿Qué otra cosa tenía en la vida? —Manuel —le ofreció la mano—. Ya es hora de irnos a casa. —Y él se puso de pie y la siguió hacia el futuro.

III

Corazón deseaba poder sacarlo todo de la tienda esa noche. No creía que podría quedarse en ese lugar sin Manuel. Cuando Tito, el súper, doña Iris, Isabelita de El Building, Joe Méndez, el abogado, y el viejo don Cándido vinieran a tomarse su café y a comprar los víveres, encontrarían el lugar tan vacío como el día en que ella y Manuel entraron y Manuel se volvió y la abrazó. Era exactamente lo que él quería: un lienzo en blanco en el cual crear su sueño de una tienda donde tanto el cuerpo como el espíritu pudieran ser alimentados. ¿Ya habían pasado diez años desde entonces?

Era casi medianoche. Corazón se sentó en el taburete detrás del mostrador sólo con las luces de seguridad encendidas. Dejó que las lágrimas le brotaran. Se sentía tan sola sin el hombre a quien había querido y con quien había trabajado por una breve década. Debía haber hecho que Manuel se cuidara más. Después del entierro de doña Serena, lo había obligado a ir al médico para que le hiciera un examen completo. Sus peores temores habían sido confirmados. Como su madre, sufría de un defecto congénito del corazón: una de las válvulas era demasiado pequeña, cerraba el paso de la sangre en momentos de ansiedad o tensión. Se recomendaba cirugía, pero era muy arriesgado. Y por supuesto, por ser joven y estar lleno de energías en esa época, Manuel había decidido esperar; siempre había una razón: dinero, el momento oportuno —después de ahorrar lo suficiente para irse a los Estados Unidos, después de comprar la tienda. Era como si no quisiera saber que el corazón le estaba fallando. Entonces, hacía dos días, el infarto súbito y rápido después de descargar el camión con Inocencio. Corazón había observado a los dos hombres trabajar como hermanos, en silenciosa camaradería, como siempre, en perfecta armonía —Inocencio, dentro del camión, le alcanzaba las cajas a Manuel, quien las colocaba en el cuarto de atrás de la tienda. Corazón había notado la palidez de la piel de Manuel y el sudor fuerte, aunque hacía frío. Pero había estado ocupada atendiendo a los clientes. Cuando oyó que el camión se alejaba con Inocencio al volante —camino a Miami para recoger productos frescos de la Isla— Corazón había ido a buscar a Manuel y a insistir que tomara un descanso. Pero ya él se había desplomado, tan silenciosamente como lo había hecho su madre hacía tantos años. Corazón sabía dar masaje cardiaco y se afanó para hacerlo volver en sí, al mismo tiempo que gritaba para que pidieran una ambulancia. Había un cliente en la tienda —el anciano, que no hablaba inglés pero se las arregló para marcar el número escrito en el tablón de anuncios detrás del mostrador. La ambulancia llegó y los llevó a la sala de emergencias, donde declararon que había muerto antes de llegar al hospital.

Habría que informarle a Inocencio de la muerte de Manuel. Ella tendría que estar allí cuando él regresara por la mañana. Darle la noticia a Inocencio era lo que más detestaba, excepto tal vez el velorio en la funeraria Ramírez, al día siguiente, y después el entierro —al cual Corazón esperaba que la mayor parte de los vecinos del barrio acudieran, y tener que recibir el pésame de todos los que amaron a Manuel.

Recordaba el día que el indígena peruano se había aparecido por la tienda. Para entonces, ellos mismos se habían encargado de hacer todo el trabajo, desde abastecer la tienda hasta atender a los clientes en jornadas de diez horas, y Manuel iba a los muelles de Nueva York y a veces a Miami para buscar los productos frescos de la Isla que él insistía en tener. No podían darse el lujo de emplear a nadie todavía, porque lo que ganaban en la tienda apenas cubría los gastos mientras se establecían en el barrio. La gente aquí tardaba en confiar en los recién llegados y se mantenía leal a la vieja bodega, la de Cheo, que era más bien un salón de dominó y una tienda de bebidas alcohólicas. Se había roto el hielo cuando Manuel y Cheo se hicieron amigos y estimularon a los clientes de cada cual a patrocinar ambos establecimientos. Ése era uno de los dones de Manuel, según Corazón —tenía el toque mágico en lo que se refería a tratar a la gente. Una mañana Manuel llegó en el camión de alquiler que usaba para recoger los abastos en la ciudad. Como de costumbre, Corazón se preparó para ayudarlo a desempacar. Mientras ella observaba que Manuel apilaba las cajas en la parte trasera del camión, se percató de que había un hombre en cuclillas frente a la entrada, básicamente bloqueándole el paso. Lo observó por un minuto, tratando de decidir si se veía sospechoso y debía llamar a la policía de Paterson. Parecía una estatua de bronce, no se movía para nada ni pestañeaba. Tenía puesto un grueso poncho de lana que cubría la mayor parte de su cuerpo compacto. Sus facciones eran puramente indígenas: pómulos marcados, nariz larga y ojos de ónix de los incas. Podía tener entre veinte y cincuenta años. No había líneas que indicaran el paso del tiempo en el rostro de este hombre. Observaba a Manuel tan atentamente como Corazón lo observaba a *él*. Entonces, despacio y con fluidez, se levantó y se acercó a la parte trasera del camión. Aunque Corazón estaba lista para actuar en caso de que él hiciera cualquier movimiento amenazador, el hombre se limitó a quedarse parado allí hasta que Manuel levantó la vista y, desconcertado, lo saludó con la cabeza. No se había dado cuenta de que el hombre estaba allí; Corazón lo sabía. Como Manuel estaba sosteniendo una caja de productos enlatados que evidentemente pesaba mucho, el hombre extendió los brazos hacia Manuel, Manuel le pasó la caja y la acción se repitió una y otra vez hasta que descargaron el camión. Era como un baile coreografiado. Corazón no veía que los labios de ninguno de los dos se movieran. No se habían intercambiado palabras entre ellos. Pero para cuando ella les abrió la puerta para que entraran, Corazón supo que tenían un empleado.

Después de que llenaron los anaqueles, los hombres se fueron al cuarto trasero a aplastar las cajas, y aunque Corazón intentaba escuchar, lo único que podía distinguir era alguna risita de Manuel de vez en cuando y murmullos imposibles de descifrar. Cuando por fin salieron, el hombre se había quitado el poncho, y Corazón se dio cuenta de lo delgado que era, casi famélico, pero fuerte como un corredor. Los tendones de los brazos eran como cuerdas color marrón. Era tan pequeño como un niño de doce años, pero tenía el aspecto de un hombre que había soportado mucho.

—Te presento a Inocencio Beleval, Corazón. Es de Perú.

Corazón iba a darle la mano al callado Inocencio, pero durante la presentación él miraba al piso y no le dirigía la mirada. Era un gesto de respeto, no de humildad. Corazón observó la casi imperceptible inclinación de la cabeza y la forma en que Inocencio miraba directamente a Manuel después de haber pronunciado el nombre de ella. Todo se dijo en silencio: Inocencio la reconocía como la esposa de su jefe, pero él sólo trabajaba para Manuel. Corazón lo entendió y le molestó un poco. La tienda le pertenecía a ella tanto como a él. De hecho, ella llevaba los libros, pagaba las cuentas y tomaba todas las decisiones excepto las que tenían que ver con lo único que le interesaba a Manuel —pedir los productos y exhibirlos en la tienda. Pero según fueron pasando las semanas y ella vio lo importante que era para Manuel el discreto compañerismo de Inocencio, empezó a cambiar de opinión sobre él. No se trataba de competir por la atención de Manuel; Corazón se dio cuenta de que Inocencio trataba de pasar inadvertido cuando ella estaba presente. Siempre estaba ocupado en la parte de atrás, organizando, barriendo, contando, y sólo salía cuando ella estaba ocupada con los clientes. Entonces sólo hacía lo que hubiera que hacer, desde empacar hasta llevar los víveres de las personas mayores o las mujeres embarazadas al otro lado de la calle hasta El Building, donde vivía la mayor parte de los clientes. Corazón tenía curiosidad por saber lo que Inocencio hacía cuando no estaba trabajando, y le preguntó a Manuel dónde vivía y si tenía familia. Manuel le dijo que lo único que sabía era que Inocencio vivía en una pensión y que tenía esposa e hijos en un pueblo en las montañas de Perú. Al parecer, Inocencio había ido a pie y pidiendo pon desde Perú hasta México, donde había vivido por un tiempo, y luego había cruzado la frontera para llegar a los Estados Unidos. Había llegado a Nueva York en guagua, y había venido a Paterson cuando se enteró de que aquí había mejores oportunidades de empleo. Manuel también admitió que Inocencio no era ciudadano de los Estados Unidos.

—Pero eso podría meternos en líos con la ley, Manuel. —Corazón se había sentido bien atemorizada de que un indocumentado trabajara para ellos. Pero Manuel se había sonreído enigmáticamente y había abierto su libro de contabilidad, donde guardaba un paquete de documentos que tenían el sello de Aduanas e Inmigración de los Estados Unidos.

—Me he puesto en contacto con un abogado, Corazón. Se ha iniciado el proceso para que Inocencio se haga ciudadano. Le llevará algún tiempo, pero podemos lograrlo.

—¿*Podemos* lograrlo? —Corazón se sintió ofendida de que Manuel hubiera hecho esto sin consultarle; la primera vez en su vida de casados que él no había confiado en ella. Pero se las arregló para disimular su enojo cuando comprendió que Manuel quería hacer esto por su amigo sin la ayuda de ella.

La amistad entre los hombres había aumentado y se había hecho más profunda. Corazón se daba cuenta de esto y sabía que tal vez Manuel estaba satisfaciendo una necesidad que ella no había podido satisfacer: un hijo.

IV

Los dos años después de la muerte de doña Serena habían sido años de trabajo duro y sacrificio para Corazón y Manuel. Desconsolado, Manuel vertió todas sus energías en el negocio de comidas a domicilio que ahora Corazón dirigía desde la casa de doña Serena. Su meta era ahorrar suficiente dinero para mudarse a los Estados Unidos y abrir una tienda.

A regañadientes, Corazón se había puesto en contacto con su hermana, Consuelo, quien ahora vivía con su esposo en Paterson y esperaba un hijo. Fue Consuelo, quien echaba de menos a su hermana, la que los animó a mudarse. Ella les iba a encontrar un apartamento en el edificio donde ella vivía. Corazón quiso convencerse de que irse de la Isla y empezar una vida nueva en los Estados Unidos la ayudaría a superar la tragedia de no poder tener hijos. Al cabo de dos años, habían vendido la parcelita y la casa que doña Serena les había dejado y habían tomado un avión de San Juan para Nueva York.

Corazón no había permitido que se le notara el miedo que le tenía al futuro cuando aterrizaron en el Aeropuerto de La Guardia ni cuando Gustavo los llevó en su carro por las calles laberínticas de la ciudad para cruzar el gris Río Hudson hacia otro laberinto de edificios que sería su nuevo hogar. Ella y Manuel estaban tomados de la mano en el asiento trasero. Por lo menos se tenían el uno al otro.

Manuel se había adaptado a la vida del barrio rápidamente; ella vio lo bien que le venía el edificio de apartamentos lleno de gente al que todos llamaban El Building. Cada persona que conocía era un futuro cliente de la tienda de sus sueños. Se hizo popular entre las mujeres porque pasaba tiempo hablando de comida con ellas. A los hombres les caía bien porque traía consigo los sueños que una vez ellos habían tenido y habían olvidado: empezar un negocio en los Estados Unidos, prosperar.

Corazón fue con él a buscar locales y pronto dieron con el lugar que querían. Una vez había sido una charcutería italiana, y Manuel aseguraba que podía oler en la madera las especias que se habían vendido allí. Tenía «corazón y alma», aseguraba, jugando con el nombre de ella. Así que habían alquilado el lugar y Manuel le había dado trabajo a un artista desempleado de la Isla para que pintara el letrero de la vidriera. No había dejado que Corazón viniera ese día. Quería darle la sorpresa. Esa noche la llevó a ver las inmensas letras de molde pintadas de rojo brillante: El Café de Corazón. Debajo había un corazón rechoncho con la inscripción «M ama a C» en el medio. Manuel ama a Corazón. Ella había llorado. Manuel tenía su sueño y ella lo tenía a él. ¿Qué más podía pedir? Sabía la respuesta a su propia pregunta. Un hijo, un hijo. Pero la enterró bien adentro en su corazón esa noche mientras estaba frente al Café de Corazón. Tenía bastante suerte.

Poco a poco la tienda se había hecho parte del barrio. Manuel, Inocencio y ella trabajaban como un equipo. Hubo años buenos y años malos, pero ella se había adaptado a un rol que no había previsto. Algunos de los residentes de El Building la veían como su confidente. Debía haber sido por su aspecto, sentada detrás del mostrador: una madre rolliza para todos. Había aumentado de peso —lo cual le gustaba a Manuel: «Mientras más Corazón haya, más Corazón quiero», le gustaba decir. Una mujer sin hijos que sabía guardar secretos, algo raro en el barrio donde las mujeres se casaban jóvenes, tenían más hijos de los que podían mantener y pasaban el tiempo bochincheando en la cocina de las otras. No a todo el mundo le gustaba eso, desde luego. Algunas de las muchachas se graduaban de secundaria y conseguían buenos trabajos y buenos lugares donde vivir en las afueras de la ciudad. Ella veía los cambios que se operaban en ellas. Eran delgadas, sólo hablaban inglés, aún cuando se les hablaba en español, y venían a la tienda a comprar productos puertorriqueños sólo durante las festividades. La Isla para ellas era un lugar exótico donde habían nacido los padres hacía mucho tiempo. Corazón escuchaba los lamentos de las madres por las hijas y el olvido. No se les hacía difícil a los jóvenes olvidarse del barrio. La vida allí era dura. Pero, como a Manuel le gustaba decir, por lo menos había vida en el barrio. Para él las afueras eran una cárcel elegante adonde uno iba a retirarse de la vida. Y de esa manera Corazón había aprendido a dejar de querer tener una casa. Después de todo, sólo eran ellos dos. No necesitaban mucho espacio. Y además, pasaban de diez a doce horas al día en la tienda, y sólo regresaban a casa para dormir.

Y su vida tenía significado —toda la gente dependía de ella y de

Manuel para que les proveyeran los sabores de su patria. En el barrio no había un nacimiento, un entierro o una fiesta de los cuales ellos no formaran parte: no había un momento en que Manuel se sintiera más feliz que cuando estaba planeando la comida para celebrar la vida ni más hermoso a los ojos de Corazón que cuando llevaba consuelo a la apesadumbrada viuda o al huérfano con la comida que él preparaba con todo el cuidado y el amor que tenía para dar. Y ella lo hacía posible al ocuparse de todo lo necesario para que esta labor realizada con amor le resultara fácil. Aprendió a hablar bien el inglés para poder hacer negocios con abastecedores y acreedores. Seguía cursos de contabilidad por las noches y llevaba los libros. Pagaba las cuentas y hacía las llamadas telefónicas. Eran un buen equipo, ella y Manuel.

Pero otra vez la había traicionado el Destino; le había jugado sucio al quitarle a su hombre, su compañero, su ancla en la vida. Corazón oyó que las manecillas del reloj se movían —así de silenciosa estaba la tienda. Era medianoche.

V

Debió haberse quedado dormida en algún momento durante la noche, con la cabeza acunada en los brazos sobre el mostrador. Cuando Corazón abrió los ojos se encontró a Inocencio afuera, parado como una estatua. No sabía cuánto hacía que él estaba allí, pero obviamente él la había visto por la vidriera y no había entrado mientras ella dormía, a pesar de que tenía llave. Ella le echó un vistazo al reloj de pared mientras se apresuraba a abrir la puerta de enfrente. Eran las 5:45. Solían abrir a las seis para servir café y pastellios a los que iban a trabajar. Corazón se preparó mentalmente para el día como siempre hacía, aunque también tenía pensado decirle a Inocencio que iba a cerrar el Café de Corazón. Le iba a pedir a Cheo que le diera trabajo. Estaba segura de que él lo haría. Manuel y Cheo se pasaban bromeando de que Inocencio era el tipo de trabajador que hay que esconder porque cualquiera te lo puede quitar. Pero había sido la lealtad, no el sueldo modesto que ellos le podían pagar, lo que lo había hecho quedarse con ellos por ocho años. Ahora era ciudadano de los Estados Unidos y había traído a su esposa y a dos hijos adolescentes a Paterson. Corazón se había sorprendido de que fuera lo suficientemente mayor como para tener hijos crecidos. Y había desarrollado una buena relación con su familia también, aunque ellos, como Inocencio, eran muy reservados. Manuel había estado que no cabía en sí de la alegría cuando habían aprobado los documentos oficiales de ciudadanía. Y había sido la única vez que Corazón había oído a Inocencio reírse en voz alta. Abrió la puerta y ayudó a Inocencio a entrar las cajas de pasteles congelados, las hojas de plátanos en recipientes con hielo para las mujeres que preferían hacer sus propios pasteles, y todos los otros productos para platos festivos que tenían que traer de Miami hasta Paterson para el Día de Acción de Gracias y la Navidad. Esperó hasta que Inocencio descargara el camión y se sentara a descansar en uno de los cajones, como de costumbre, a fumarse un tabaco que le había comprado a un vendedor cubano: el único lujo que se permitía. Entonces Corazón entró en el almacén.

En español dijo: «Inocencio, tengo algo importante que decirle». Él no la miró a ella sino al humo que subía en espiral del tabaco que tenía en la mano.

—Manuel está muerto. —La palabra era tan potente en su lengua que Corazón prorrumpió en llanto. Se tapó el rostro, a sabiendas de que esto haría que el tímido y reservado Inocencio se avergonzara. Pero sintió una mano tibia posarse en su hombro y se destapó el rostro. Él se había acercado y estaba frente a ella, mirándola directamente a los ojos. A él también le corrían lágrimas por las mejillas.

—Ya lo sé —dijo. Antes de que ella pudiera preguntarle cómo se había enterado, alguien tocó fuertemente a la puerta. Sin pensarlo, Corazón se apresuró a acudir. Eran las seis de la mañana. La vieja doña Iris, envuelta en su chal negro, estaba atisbando por la vidriera. Cuando Corazón abrió la puerta, vio que se había reunido una pequeña multitud frente a la tienda. Doña Iris entró imperiosamente, como de costumbre, pero fue directamente hacia Corazón, quien todavía no había tomado su puesto en el taburete detrás del mostrador. La anciana le dio un abrazo bien fuerte a Corazón, le plantó un sonoro beso en la mejilla y entonces exigió con su voz alta de siempre:

—¿Llegaron mis hojas de plátano? ¿Como voy a tener listos los pasteles para el Día de Acción de Gracias sin las hojas? —Y se fue directa hacia el congelador al fondo de la tienda. Los otros entraron más discretamente, pero cada uno de ellos se detuvo a abrazarla. Su hermana Consuelo y su nieta Cory, quien también era ahijada de Corazón, se pusieron a su lado mientras ella recibía el pésame de sus vecinos y clientes. Inocencio salió para ayudarla a hacer café y servir pastelillos, y Corazón los escuchaba hablar de su Manuel. Aún cuando todos se habían marchado para dedicarse a sus ocupaciones diarias e Inocencio estaba en la parte de atrás organizando y barriendo como solía hacer todos los días, Corazón sintió la presencia de Manuel en la tienda. ¿Regresaría otra vez la soledad una vez que lo enterrara lejos del barrio? ¿Podría ella resistir seguir haciendo sola todas las cosas que siempre habían hecho juntos todos esos años? Y todavía quedaba el apartamento vacío al que ella tendría que regresar esa noche. Corazón dejó que todas estas preguntas fueran y vinieran mientras atendía a los clientes ese día. Y cuando Roberto entró corriendo para decirle que Lydia había tenido un varoncito esa mañana y que lo más que deseaba era que Corazón fuera a verlos al Hospital San José y le llevara algo dulce, ¿qué podía ella hacer? Le prometió al eufórico muchacho que estaría allí esa tarde. Y cuando entró don Cándido, viejo como Matusalén, pero todavía dispuesto a proclamar sus opiniones sobre el mundo a cualquiera que lo escuchara, ella lo escuchó. Había perdido dos hijos por razones ideológicas en Cuba. Uno había peleado por Fidel, y el otro, un poeta que el gobierno no veía con buenos ojos, se consumía en una cárcel. Don Cándido se había decidido a no morirse antes de que su hijo recobrara la libertad. Se mantenía vivo escribiendo cartas a jueces, a políticos y al presidente, y hablando, hablando, hablando. El Café de Corazón era su foro y su refugio.

—¡Libertad! —Don Cándido enarbolaba un periódico enrollado mientras se dirigía hacia la cafetera. Y Corazón se sentó a escuchar. Él se bebía varias tazas de café negro, hablaba de política, le leía un poema que el hijo había escrito hacía años, antes de ser encarcelado, y entonces se marchaba —revitalizado— a visitar a los pocos amigos sobrevivientes que le quedaban, a espantar a la muerte por un día más.

El día pasó más rápidamente de lo que ella esperaba, puesto que cada cliente exigía su completa atención. Esa tarde dejó la tienda en manos de Inocencio y cogió la guagua hasta el Hospital San José. Lydia, cuya madre había muerto de cáncer, la estaba esperando con su paquetito en brazos. Le pidió a Corazón que lo cargara.

El bebé tenía la expresión de un hombre sabio y un mechón negro en la coronilla. Corazón lo declaró hermoso. Roberto irrumpió en la habitación con un ramo de flores en las manos. Desde la puerta gritó: «¿Está despierto Manuel?»

Oír que alguien decía el nombre de su esposo con tanta alegría la dejó atónita. Lydia se apresuró a explicarle.

—Iba a decírtelo, Corazón. Hemos decidido que nuestro hijo se llame Manuel.

—Manuel —dijo Corazón, y el niñito en sus brazos abrió los ojos y empezó a llorar pidiendo a la madre.

Esa noche Corazón e Inocencio cerraron el Café de Corazón juntos y caminaron hasta El Building —él la había acompañado hasta allí sin que ella se lo pidiera. Se mantuvo en silencio mientras ella buscaba la llave del apartamento en la cartera. Conociéndolo como lo conocía, Corazón sabía que él estaba esperando que ella dijera algo.

—Te veo mañana a las 5:30, Inocencio. Tenemos mucho que hacer antes del entierro. —Tuvo que hacer una pausa después de la terrible palabra, pero Inocencio continuó escuchando como si supiera que la oración no estaba terminada—. Y mucho que hacer antes del Día de Acción de Gracias y la Navidad.

—Buenas noches, doña Corazón. —Inocencio nunca le había dicho su nombre directamente; siempre había llamado a Manuel don Manuel aunque eran más hermanos que jefe y empleado.

—Buenas noches, don Inocencio —contestó Corazón, y vio que una breve sonrisa pasó por el rostro serio de Inocencio antes de que él dijera que sí con la cabeza y desapareciera a la vuelta de la esquina. Entonces Corazón entró en El Building. Al pie de la escalera, respiró hondo, recordando lo que Manuel aseguraba, que, sólo por los olores persistentes, él podía decirle lo que cada familia en cada apartamento iba a cenar esa noche y si habían comprado los condimentos en el Café de Corazón. Corazón aspiró profundamente los aromas de su patria y empezó a subir hacia su casa.

LA
CARGA
DE
LA
MÉDIUM

Digan toda la Verdad pero díganla sesgada.
— Emily Dickinson

Cómo conseguir un bebé

Recibir el *waiwaia* (los niños espíritus) en el agua parece ser la forma más común de quedar encinta. . . . Llegan en troncos de árboles grandes y pueden estar pegados a la basura del mar y a las hojas muertas que flotan en la superficie.

—Bronislaw Malinowski,
Baloma: Los espíritus de los muertos en las Islas Trobriand

Ve al mar
la mañana después de un aguacero,
preferiblemente
acabada de salir de los brazos de tu hombre—
los *waiwaia* son atraídos
por el olor a amor.
Son pececitos luminosos
y ciegos. Debes llamar
el alma de tu hija
en nombre de tus antepasados:
Ven a mí, pececito, ven
a Tamala, Tudava, ven a mí.
Siéntate en agua poco profunda
que llegue a la cintura hasta que la marea
se retire de ti
como un amante exhausto.
Para entonces
llevarás nueva vida.
Haz el amor esa noche,
y todas las noches,
para dejar que la pequeña
que te escoge sepa
que forma parte de tu gozo.

Biología avanzada

Mientras dispongo la ropa para el viaje a Miami adonde voy a hacer una lectura de mi novela publicada recientemente y luego continúo a Puerto Rico para ver a mi madre, miro cuidadosamente mi vestuario de viaje —las faldas sastre de colores básicos coordinan fácilmente con mis blusas de seda— tengo que sonreír hacia mis adentros, recordando lo que mi madre había dicho acerca de mi ropa conservadora cuando la visité la última vez —que me parecía a las Testigos de Jehová que iban de casa en casa en su pueblo tratando de venderles boletos para el cielo a los católicos recalcitrantes. Iba a espantar a la gente, dijo. Iban a echarle el cerrojo a la puerta si me veían acercarme con el maletín. En lo que a ella se refiere, se viste de colores tropicales —una falda roja y una blusa amarillo canario le quedan bien con su piel morena, y todavía tiene bastante buena figura como para llevar un vestido de coctel negro y ceñido para ir a bailar a su club favorito, El Palacio, los sábados por la noche. Los católicos se pueden divertir y aún así salvarse, me ha señalado a menudo, pero sólo si le presentas tus respetos a Dios y a toda su corte con los rituales necesarios. Ella sabe que a lo largo de los años gradualmente me le he escapado a la fe en la que se me crió tan estrictamente.

Mientras meto la ropa en la maleta, recuerdo nuestros primeros días en Paterson, Nueva Jersey, donde vivimos durante la mayor parte de mi adolescencia mientras mi padre vivía y estaba destacado en Brooklyn Yard, Nueva York. En esa época, nuestra fe católica determinaba la opinión que nuestra familia tenía acerca de casi todo, desde la ropa hasta el asunto innombrable del sexo. La religión era el escudo que habíamos desarrollado contra la ciudad fría y ajena. En estos días, mi madre y yo hemos cambiado de sitio en ciertas áreas desde que ella regresó a casa a forjarse una vida nueva después de la muerte de mi padre. Yo escogí asistir a la universidad en los Estados Unidos y ganarme la vida de maestra de inglés y, recientemente, de novelista y poeta en el circuito de conferencias. Pero aunque nuestras vidas son radicalmente diferentes en la superficie, cada una ha influido en la otra durante los últimos veinte años; ella se las ha arreglado para liberarse de los rituales, las costumbres y las tradiciones que «cohíben» su estilo, al mismo tiempo que conserva su feminidad y su puertorriqueñidad, mientras yo lucho a diario por consolidar mis identidades culturales opuestas. Durante mi adolescencia, dividida entre los años en Nueva Jersey y los años en Georgia, recibí una educación en el arte de la negociación cultural.

En Paterson en los sesenta, asistí a una escuela pública en nuestro vecindario. Predominantemente blanca y judía todavía, tenía muy buena reputación académica en una ciudad donde el sistema educativo estaba en caos, en deterioro rápido ya que los mejores maestros se iban a escuelas en los repartos a las afueras de la ciudad, como resultado del ingreso de negros y puertorriqueños a la ciudad y el éxodo de los blancos. La comunidad judía tenía mucho que perder si se batía en retirada; muchos de los pequeños negocios y edificios de apartamentos en el centro de la ciudad pertenecían a familias judías de la generación de la Segunda Guerra Mundial. Habían visto cosas peores que el ingreso de personas negras y marrones que hacía que los italianos y los irlandeses salieran corriendo. Pero ellos también se mudarían gradualmente de los mejores apartamentos de sus edificios a casas en el este de Paterson, Fairlawn, y otros lugares con grama. Así veía yo el mundo entonces; o vivías sin un pedazo de grama o comprabas una casa que lo tuviera. Pero durante la mayor parte de mi adolescencia, viví entre los judíos de Paterson. Alquilábamos un apartamento propiedad de los Milstein, quienes también eran dueños del deli en la planta baja. Yo iba a la escuela con sus hijos. Mi padre compraba en los establecimientos judíos tal vez porque opinaba que estos hombres simbolizaban la «supervivencia dignificada». Vivía obsesionado con la privacidad y no podía aguantar el giro personal que las conversaciones casi siempre tomaban cuando dos o más puertorriqueños se encontraban por casualidad frente al mostrador de una tienda. Los hombres judíos hablaban también, pero se concentraban en asuntos externos. Le preguntaban a mi padre sobre su trabajo, la política, su opinión sobre Vietnam, Lyndon Johnson. Y mi padre, bajito, contestaba a sus preguntas con conocimiento. A veces, antes de que entráramos a la tienda, la lavandería o la zapatería, me decía que buscara los números tatuados con tinta azul en el antebrazo izquierdo del dueño. Yo me les quedaba mirando a esos números, por lo regular tan desvaídos que ahora lucían como venas en el lugar equivocado. Trataba de descifrarlos. Eran un telegrama del pasado, concluí posteriormente, que informaba de la muerte de millones. Mi padre discutía el Holocausto conmigo en la misma voz bajita con la que mi madre hablaba de los caminos misteriosos de Dios. No podía conciliar ambas conversaciones. Este conflicto eventualmente me llevó a mi primer enfrentamiento grave con mi madre acerca de las diferencias irreconciliables entre el «mundo real» y la doctrina religiosa.

Tuvo que ver con la Inmaculada Concepción de la Virgen.

Y tuvo que ver con mi mejor amigo y compañero de estudios, Ira Nathan, el reconocido genio científico de la escuela. En intermedia casi era un requisito «enamorarse» de un chico mayor. Yo estaba en octavo grado e Ira estaba en noveno ese año y en vías de ir a una escuela preparatoria en Nueva Inglaterra. Lo escogí para ser mi novio (a los ojos de mis compañeros, si una muchacha pasaba tiempo con un muchacho, eso quería decir que «salían juntos») porque necesitaba un tutor en biología —una de las asignaturas donde él sacaba las mejores notas. Acabé chiflada por él después de nuestra primera reunión en la biblioteca un sábado por la mañana. Con Ira tuve la primera oportunidad de entrar en contacto con las maravillas de una mente analítica.

El problema era la asignatura. La biología es un asunto peligroso para los adolescentes, laboratorios vivientes que experimentan con interesantes combinaciones de químicos cada vez que toman una decisión. En mi clase de biología básica, estábamos observando organismos unicelulares bajo el microscopio, y los veíamos reproducirse en películas a cámara lenta en un salón a oscuras. Aunque el proceso era tan poco emocionante como observar a un niñito soplar burbujas, el concepto mismo nos excitaba. La clase avanzada de Ira estaba disecando fetos de cerdos. Él me trajo una fotografía de su proyecto, las vísceras etiquetadas nítidamente en el papel al cual había pegado la foto. Mis ojos se negaron a moverse de la línea trazada desde «genitales» hasta una parte del cerdo a la cual se refería. Sentí una ola de calor subirme desde el pecho hasta el cuero cabelludo. Ira se debe haber dado cuenta de mi incomodidad, aunque traté de mantener el rostro detrás de la cortina de mi melena negra, pero científico al fin, era implacable. Procedió a trazar la línea desde la etiqueta hasta el cerdo con el lápiz.

—Todos los mamíferos se reproducen sexualmente —dijo con la voz monótona de un maestro.

La bibliotecaria, desde el extremo opuesto de la sala, nos miró y frunció el ceño. Lógicamente, no era posible que hubiera escuchado la declaración de Ira, pero yo estaba convencida de que la mención de sexo mejoraba la capacidad auditiva de padres, maestros y bibliotecarias en un cien por ciento. Me ruboricé más intensamente y a través de mi melena le eché un vistazo a Ira.

Él tenía colocado el borrador de su lápiz sobre las borrosas partes sexuales del cerdo y me sonreía. Sus facciones procedían claramente de la Europa oriental. No hacía mucho que yo había visto a la joven cantante Barbra Streisand en el programa de televisión de Red Skelton y me había sorprendido de lo mucho que se parecían en el físico. Ella podía haber sido la hermana de Ira. Yo encontraba particularmente atractivas su boca ancha y su nariz pronunciada. Ninguno de los que yo conocía en la escuela consideraba guapo a Ira, pero hacía tiempo que su cerebro había eclipsado su apariencia como su atributo más impresionante. Al igual que Ira, yo sacaba A en todas las clases y también me consideraban rara porque era una de los pocos puertorriqueños que estaban en la lista de honor. Así que a nadie le sorprendió que Ira y yo nos hubiéramos juntado. Aunque yo no lo hubiera podido formular entonces, Ira me estaba seduciendo con su lápiz número dos y la foto del feto del cerdo. El sábado siguiente, Ira trajo su libro de biología avanzada y me mostró las transparencias a todo color de la anatomía humana que no se suponía que yo viera hasta pasados dos años más. Me quedé turbada. El brinco cósmico de un paramecio al cuerpo humano era mucho más de lo que yo podía asimilar. Éstas eran las primeras personas adultas que yo veía desnudas, y revelaban demasiado.

—La reproducción sexual entre los humanos sólo puede tener lugar cuando la esperma del macho se introduce en el útero de la hembra y ocurre la fertilización del huevo —declaró Ira rotundamente.

El libro estaba en la página que llevaba el título de «El sistema reproductor humano». Como me parecía que mi madurez estaba a prueba, así como mi inteligencia, recuperé el habla lo suficiente como para contradecir a Ira.

—Ha habido una excepción, Ira. —Me estaba sintiendo un poquito petulante por saber algo que Ira obviamente no sabía.

—Judith, no hay excepciones en biología, sólo mutaciones y adaptaciones a lo largo de la evolución. —Él sonreía sintiéndose superior.

—La Virgen María tuvo un bebé sin . . . —No podía pronunciar la frase *tener sexo* al mismo tiempo que el nombre de la Madre de Dios. No estaba preparada en lo absoluto para la estruendosa carcajada que le siguió a mi tímida declaración. Ira se había desplomado en la silla y se reía con tanta fuerza que los hombros delgados le temblaban. Pude oír que la bibliotecaria se acercaba. Sintiéndome humillada, empecé a recoger los libros. Ira me agarró del brazo.

—Espera, no te vayas —todavía se estaba riendo descontroladamente—. Lo siento. Vamos a hablar un poquito más. Espera, dame una oportunidad de explicarte.

A regañadientes, volví a sentarme, sobre todo porque la bibliotecaria ya estaba frente a la mesa, con las manos en las caderas y susurrando con enojo: «Si ustedes son unos *niñitos* que no saben comportarse en esta *área de estudio*, tendré que pedirles que se vayan». Ira y yo nos disculpamos, aunque ella lo miró mal a él porque todavía tenía una sonrisa histérica de oreja a oreja.

—Escucha, escucha. Lamento haberme reído así. Sé que eres católica y que crees en la Inmaculada Concepción de María (se mordió el labio inferior para recuperar la compostura) pero biológicamente no es posible tener un bebé sin (le costó controlarse) perder la virginidad.

Me hundí en la silla dura. «Virginidad». Había proferido otra de las palabras prohibidas. Volví a echarle un vistazo a la bibliotecaria que no nos quitaba el ojo de encima. La blasfemia de Ira me ofendía y me excitaba el mismo tiempo. ¿Cómo se atrevía a negar una doctrina en la que la gente creía desde hacía dos mil años? Era parte de mis oraciones todas las noches. Nuestra familia hablaba de la Virgen como si fuera nuestro pariente más importante.

Después de recuperarse de su ataque de risa, Ira dejó su mano en mi codo discretamente mientras me explicaba con el seductor lenguaje del laboratorio científico cómo se hacían los bebés y lo imposible que era violar ciertas leyes naturales.

—A menos que Dios lo quiera —argüí tímidamente.

—No hay Dios —dijo Ira, y la última pizca de inocencia que me quedaba se derrumbó mientras escuchaba sus argumentos respaldados por pruebas científicas irrefutables.

Nuestras reuniones continuaron todo el año, y se hacían más excitantes a medida que pasábamos a otro capítulo de su libro de biología. Mis notas mejoraron dramáticamente, ya que los organismos unicelulares no eran ningún misterio para un estudiante de biología avanzada. La mano tibia y húmeda de Ira a menudo rozaba la mía por debajo de la mesa en la biblioteca, y, un día de mucho frío, camino a casa, me preguntó si me quería poner su broche del Club Beta. Yo asentí con la cabeza y, cuando entramos en el pasillo de mi edificio, donde él se quitó los mitones gruesos que su madre le había tejido, me prendió la B azul esmaltada en el cuello de la blusa. Con el silbido de los radiadores de vapor al fondo, Ira me dio un beso en serio. Nos separamos abruptamente cuando escuchamos que la puerta de la señora Milstein se abría.

—Hola, Ira.

—Hola, señora Milstein.

—¿Y cómo está tu madre? No he visto a Fritzie en toda la semana. No está enferma, ¿verdad?

—Está un poco resfriada, señora Milstein. Pero está en franca recuperación. —La dicción de Ira se hacía precisa y formal cuando estaba en presencia de adultos. Al ser hijo único y niño prodigio, tenía que vivir de acuerdo a normas muy altas.

—La llamaré hoy —dijo la señora Milstein, por fin dirigiéndome la mirada. Sus ojos se fijaron en el cuello de mi blusa que, según pude ver más tarde en el espejo de nuestro pasillo, estaba levantado con el broche de Ira ladeado en la orilla.

—Adiós, señora Milstein.

—Gusto de verte, Ira.

Ira se despidió torpemente de mí. La señora Milstein permaneció en el pasillo húmedo de su edificio, observándome mientras yo subía las escaleras corriendo.

Nuestro «amorío» no duró más que una semana; lo suficiente como para que la señora Milstein llamara a la madre de Ira y para que la señora Nathan llamara a mi madre. Fui sometida a un sermón sobre comportamiento moral por parte de mi madre, quien exaltada por la rabia y la vergüenza de que me hubieran visto besando a un muchacho (sobreentendido: un muchacho que ni siquiera era católico), había empezado a recitar una letanía de metáforas para referirse a la pérdida de la virtud.

—Un objeto barato —dijo temblando ante mí mientras yo me sentaba en el borde de la cama, dándole la cara a sus acusaciones— es lo que empieza a parecer una muchacha que se permite ser *manoseada* por hombres.

—Mamá . . . —quería que bajara la voz para que mi padre, sentado a la mesa de la cocina, leyendo, no escuchara. Ya le había prometido que confesaría mi pecado ese sábado y que comulgaría con un alma reluciente. No había logrado evitar el sarcasmo en mi voz. Su furia se avivaba por su propio catálogo amargo.

—Una carga para su familia . . . —ahora estaba disparada en español. Pronto la Santa Madre entraría en la discusión por añadidura—. No es que yo no te haya educado bien. ¿No te das cuenta de que esa gente no puede seguir el ejemplo de la Santa Virgen María y su Hijo porque no lo tienen, y que por eso hacen cosas equivocadas? ¡La señora Nathan dijo que no quería que su hijo estuviera pasando el rato contigo, no porque fuera incorrecto, sino porque podría interferir con sus estudios! —Ahora estaba gritando—. ¡Tiene miedo de que (y se persignó, horrorizada de sólo pensarlo) él te haga quedar encinta!

—Podríamos decir que un ángel bajó y puso un bebé en mi vientre, Mamá. —Ella había conseguido arrastrarme a su terreno de histeria.

—No quiero que te relaciones más de lo necesario con personas que no tienen Dios, ¿me oyes?

—¡Tienen un dios! —Ahora yo también estaba gritando, tratando de escaparme de ella—. ¡Tienen un dios inteligente que no te pide que creas que una mujer puede quedar encinta sin tener sexo! ¡Nazi —dije entre dientes— apuesto que te gustaría enviar a Ira y a su familia a un campo de concentración! —En ese momento pensé que era lo más severo que podía haberle dicho a nadie. No más salieron las palabras de mi boca, no me cupo duda de que había condenado mi alma al castigo eterno: pero estaba tan enojada que quería herirla.

Papá entró en el cuarto en ese momento, consternado al contemplarnos a las dos enfrascadas en un combate mortal.

—Por favor, por favor —su voz sonaba angustiada. Yo corrí hacia él, y él me abrazó mientras yo lloraba a lágrima viva en su camisa blanca almidonada. Mi madre, también llorando bajito, trató de pasarnos por el lado, pero él la atrajo hacia nosotros. Después de unos momentos, ella puso su mano temblorosa sobre mi cabeza.

—Somos una familia —dijo mi padre— sólo somos nosotros contra el mundo. Por favor, por favor . . . —Pero a ese «por favor» no le siguió ninguna sugerencia sobre lo que podíamos hacer para arreglar las cosas en un mundo que era tan confuso para mi madre como lo era para mí.

Terminé el octavo grado en Paterson, pero Ira y yo nunca más nos reunimos para estudiar. Le hice llegar el broche del Club Beta por medio de un amigo mutuo. De vez en cuando lo veía en el pasillo o en el patio de recreo de la escuela. Pero parecía estar en las nubes, donde pertenecía. En el otoño, me matricularon en la secundaria católica donde todo el mundo creía en la Inmaculada Concepción, y nunca tuve que pasar un examen sobre el sistema reproductor humano. Era un capítulo al que no se le daba énfasis.

En 1968 mi padre se jubiló de la Marina y empezó a buscar un lugar mejor donde vivir. Decidió que nos mudáramos a Augusta, Georgia, donde se habían establecido unos parientes suyos después de jubilarse del ejército en Fort Gordon. Lo habían convencido de que era un lugar más saludable donde criar adolescentes. Para mí fue una conmoción para los sentidos, como mudarse de un planeta a otro: donde Paterson tenía concreto por donde caminar y cielos grises, inviernos crudos y un surtido de población étnica, Georgia era roja como Marte, y Augusta era verde —con una explosión de colores en más jardines de azaleas y cornejos y magnolios— más vegetación de la que me imaginaba posible en ningún lugar que no fuera tropical como Puerto Rico. Parecía que había dos colores básicos de personas: negros y rubios. Y a duras penas podía entender a mis maestros cuando hablaban inglés en una versión con velocidad reducida, como uno de esos discos viejos de 78 revoluciones tocado a 33. Pero me pusieron en las clases avanzadas, una de las cuales era biología. Ahí pude ver por primera vez un feto de cerdo de verdad, escogido por la compañera de laboratorio que me habían asignado. Ella lo levantó con mucho cuidado por los extremos de la bolsa de plástico en la que estaba metido: «¿Verdad que es mono?», preguntó. Dije que sí con la cabeza, y por poco me desmayo por la abrumadora combinación de olor a formaldehído y un súbito recuerdo de mi amorío breve pero intenso con Ira Nathan.

—¿Qué nombre quieres ponerle?

Mi compañera desenvolvió nuestro ejemplar sobre la mesa, y yo misma me sorprendí cuando pude recordar inmediatamente la gráfica de Ira. Sabía todas las partes. En mi mente veía las líneas a lápiz, la foto rotulada. Había tenido un excelente maestro.

—Llamémosle Ira.

—Es un nombre raro, pero está bien. —Mi compañera de laboratorio, una muchacha lista destinada a convertirse en mi mentora en asuntos sureños, me hizo una guiñada conspiradora y sacó un pequeño atomizador de su cartera. Con él roció a Ira desde el hocico hasta la cola. Observé que esta misma operación se estaba llevando a cabo en las otras mesas también. Hacía sólo unos pocos minutos que la maestra había salido del salón convenientemente. Otra vez estaba atónita —casi sin sentido por el ramalazo de perfume.

—¿Qué es eso?

—*Íntimo* —respondió sonriendo mi compañera de biología avanzada.

Y para cuando nuestra instructora regresó al salón, estábamos listas para ahondar en el misterio de músculo y hueso; deseosas por descubrir los secretos que esperan más allá del miedo y un poco después de la repugnancia; aceptando lo corruptible de la carne y nuestra propia fascinación por el asunto.

Mientras termino de empacar, suena el teléfono y es mi madre. Me recuerda que debo estar preparada para visitar parientes, salir a bailar con ella y, desde luego, asistir a varios servicios en la iglesia. Es la festividad de la Virgen Morena, venerada patrona de nuestro pueblo natal en Puerto Rico. Le digo que sí a todo y veo que me empieza a hacer ilusión el ecléctico itinerario. ¿Por qué no aceptar la evolución y Eva, la biología y la Inmaculada Concepción de la Virgen María? ¿Por qué no darle un descanso a la lógica? No estaré fuera por mucho tiempo. No dejaré que me tienten a permanecer en el jardín sellado de la fe ciega; sólo me quedaré lo suficiente para descansar de la tarea agotadora de llevar la vida de reflexión.

La Biblioteca Pública de Paterson

Era un templo griego en medio de las ruinas de una ciudad estadounidense. Para llegar hasta él tenía que caminar a través de vecindarios donde la gente no se desprendía ni siquiera de los restos de los carros mohosos sobre ladrillos ni de las trampas mortales de aparatos electrodomésticos descartados, de modo que los patios de los pobres de los alrededores, que no vivían en un edificio inmenso, como yo, sino en sus propias casitas decrépitas, parecían un yacimiento arqueológico al inverso, incongruente al lado del palacio con pilares de la Biblioteca Pública de Paterson.

La biblioteca debió haber sido construida durante los años de apogeo de Paterson, cuando era una ciudad industrial modelo en el Norte. Se usó suficiente mármol en su construcción como para mantener a varios Miguel Ángeles activamente satisfechos durante toda una vida. Dos leones rugientes, más grandes que una niña de escuela primaria, recibían a los que eran lo suficientemente valientes como para buscar respuestas allí. Otro detalle que me parecía memorable de la fachada de este importante lugar eran las palabras grabadas profundamente en las paredes —tal vez las palabras inmortales de filósofos griegos— que no podía distinguir, ya que estaba desarrollando astigmatismo en esa época y sólo podía percibir los preciosos diseños geométricos que configuraban.

A lo largo de toda la semana escolar me hacía ilusión y también me daba miedo la caminata hasta la biblioteca porque me hacía pasar por territorio enemigo. La muchacha negra Lorraine, quien me había escogido para odiarme y aterrorizarme con sus amenazas en la escuela, vivía en una de las tenebrosas casitas que rodeaban la biblioteca como mendigos. Lorraine llegaría a llevar a cabo su violencia contra mí al golpearme en una confrontación que fue anunciada formalmente a través de la cadena de chismes, así que durante varios días viví en un estado de pánico que rara vez he vuelto a sentir en mi vida adulta, pues ahora puedo hacer que los adultos me escuchen, y en aquella época los desastres tenían que ser un hecho consumado antes de que un maestro o un padre se involucrara. ¿Por qué me odiaba Lorraine? Por razones que ninguna de las dos entendía plenamente en ese entonces. Lo único que recuerdo es que nuestra maestra de sexto grado parecía favorecerme a mí, y su forma de mostrarlo era hacer que yo les sirviera de tutora a estudiantes «lentos» en ortografía y gramática. Lorraine, mayor que yo y más grande, debido a que estaba repitiendo el grado, sufría esta humillación ritual, la cual implicaba sentarse en el pasillo, evidentemente separada de la clase —una por ser inteligente y la otra por todo lo contrario. Lorraine resistía mis esfuerzos de enseñarle las reglas básicas de ortografía. Me lanzaba amenazas entre dientes, llamándome *Spic*.* Su hostilidad me hacía estremecer. Pero a pesar de lo desconcertante que era, también acepté que era inevitable. Me daría una paliza. Se lo dije a mi madre y a la maestra, y ambas me aseguraron, en los vagos términos que usan los adultos, que una muchacha como Lorraine no se atrevería a meterse en líos de nuevo. Tenía una historia de problemas que la hacían candidata probable para un reformatorio. Pero Lorraine y yo sabíamos que la violencia que ella albergaba había encontrado un blanco: yo —la puertorriqueña flaca cuyo padre se pasaba la mayor parte del tiempo lejos de casa con la Marina y cuya madre no hablaba inglés; yo era la elección perfecta.

Éste era el tipo de pensamientos que mantenían ocupada mi mente mientras caminaba hacia la biblioteca los sábados por la mañana. Pero mi necesidad de libros era lo suficientemente fuerte como para lanzarme por las calles deprimentes cuyas aceras estaban cubiertas de nieve derretida y los árboles escuálidos del invierno

---

* Término altamente ofensivo utilizado para referirse despectivamente a los latinos y a los hispanohablantes.

parecían figuras oscuras a lo lejos: muchachas negras enojadas que querían atacarme.

Pero ver el edificio era suficiente para asegurarme que el refugio se encontraba al alcance. Dentro de las puertas de cristal estaba el tesoro inagotable de los libros, y yo me abría paso entre los anaqueles como el mendigo invitado al banquete de bodas. Recuerdo el olor a humedad, orgánico, de la biblioteca, tan diferente del aire afuera. Era el olor de un bosque antiguo, y como los primeros libros que leí por placer eran cuentos de hadas, el aroma de madera en transformación me venía como anillo al dedo.

Con mi tarjeta rosada de la biblioteca podía sacar dos libros del primer piso —la sección para niños. Me tardaba toda la hora que mi madre me había dado (añadiendo generosamente quince minutos para llegar a casa antes de que enviara a mi hermano a buscarme) para seleccionar los libros que me llevaría a casa para la semana. Primero me abrí paso por el mundo de los cuentos de hadas. Aquí descubrí que cada cultura tiene su Cenicienta, que no necesariamente tenía la piel blanca y rosada que Walt Disney le había dado, y que el príncipe que todas esperaban podía venir en cualquier color, forma o tamaño. El príncipe ni siquiera tenía que ser un hombre.

Era la forma en que absorbía la fantasía en aquel entonces lo que me daba una sensación de libertad interior, un sentimiento de poder y la capacidad para volar que es la principal recompensa de una escritora. Mientras leía esos cuentos me convertía no sólo en los personajes sino también en su creadora. Todavía estoy fascinada por la idea de que los cuentos de hadas y las fábulas son parte del inconsciente colectivo de la humanidad —una teoría familiar que se vuelve concreta en mi propia escritura hoy día, cuando descubro una y otra vez que en mis poemas y en mi ficción se encuentran mis propias versiones de los «tipos» que aprendí a reconocer muy temprano en mi vida en los cuentos de hadas.

También había violencia en esos cuentos: villanos decapitados en batallas honorables, duendes y brujas perseguidos, golpeados y quemados en la hoguera por héroes con armas mágicas, que poseían la fuerza sobrenatural concedida a los que se consideran superiores en el folclor. Yo comprendía esos duelos en blanco y negro entre la maldad y la justicia. Pero el odio ciego de Lorraine contra mí y el miedo que hacía que mis rodillas se doblaran no los tenía tan claros en aquella época. Pasarían muchos años antes de que yo aprendiera sobre la política de la raza, antes de que interiorizara la horrible realidad de la lucha por el territorio que subrayaba las vidas de los negros y los puertorriqueños en Paterson durante mi niñez. Cada trabajo que se le daba a un hispano de piel clara era un trabajo menos para un hombre negro; cada apartamento alquilado a una familia puertorriqueña era un lugar menos para los negros. Lo peor de todo, aunque los niños puertorriqueños tenían que dominar un idioma nuevo en las escuelas y a menudo eran objeto de burla e impaciencia por parte de los maestros sobrecargados con demasiados estudiantes que requerían demasiada atención en un salón de clases, los negros eran los escogidos evidentemente para tratamiento «especial». En otras palabras, siempre que era posible, los asignaban a clases de educación especial para aliviar la carga del maestro, mayormente porque el dialecto del inglés que hablaban les sonaba gramaticalmente incorrecto y analfabeto a nuestros instructores blancos educados en la Universidad de Seton Hall y el City College. En ocasiones me he sentido enojada al ser tratada como una retrasada mental por personas que tienen ese prejuicio cuando escuchan un acento desconocido. No puedo más que imaginarme lo que debían sentir chicos como Lorraine, a quien tan sólo por el color de su piel la habían metido en una casilla, de donde tenía que luchar por salir cada día de su vida.

Yo era una de los afortunados; como era una lectora insaciable, rápidamente me hice una experta en el uso del inglés. Mi vida como hija de un marino, que hacía que mi familia se mudara de Paterson a Puerto Rico cada varios meses mientras los períodos de servicio de mi padre en el extranjero lo requerían, me enseñó a depender del conocimiento como mi fuente principal de seguridad. Lo que aprendía de los libros prestados del templo griego entre las ruinas de la ciudad lo llevaba conmigo como el equipaje de mano más ligero. Mis maestros en ambos países me trataban bien por lo general. La forma más fácil de convertirse en la favorita del maestro es pedirle que te sugiera libros —y yo siempre estaba buscando qué leer. Incluso las novelas románticas de Corín Tellado que leía mi madre y su *Buenhogar* no se hallaban a salvo de mi hambre insaciable de palabras.

Desde los días cuando Lorraine me perseguía, las bibliotecas siempre han sido una aventura para mí. El miedo a una emboscada ya no es la razón por la cual siento que el pulso se me acelera un poco cuando me acerco a una biblioteca, cuando entro en el depósito de libros y aspiro el olor familiar de piel antigua y papel. Puede ser el recuerdo del peligro lo que agudiza mis sentidos, pero verdaderamente es la expectativa que los libros me hacían sentir entonces y que todavía siento. Contenían la mayor parte de la información que necesitaba para sobrevivir en dos idiomas y en dos mundos. Cuando los adultos estaban muy ocupados para responder a mis interminables preguntas, siempre podía buscarlas; cuando me sentía insoportablemente sola, como solía ser el caso durante esos años de gitanos en los que viajaba con mi familia, leía para escapar y también para conectar: puedes regresar a un libro como no siempre puedes regresar a una persona o un lugar que echas de menos. Leía y releía libros favoritos hasta que los personajes parecían parientes o amigos que podía ver cuando quería verlos o cuando los necesitaba.

Todavía los libros me hacen sentir así. Representan mi vida espiritual. Una biblioteca es mi refugio, y siempre me hace sentir como en mi casa. No es sorprendente que al recordar mi primera biblioteca, la Biblioteca Pública de Paterson, siempre la haya descrito como un templo.

Lorraine llevó a cabo su amenaza. Un día después de la escuela, mientras varios de nuestros compañeros, puertorriqueños y negros, nos rodearon para observar, Lorraine me agarró por el cabello y me obligó a arrodillarme. Entonces me abofeteó, tan duro que el sonido retumbó contra las paredes de ladrillo del edificio de la escuela, y salió corriendo mientras yo gritaba al ver sangre en mis medias blancas y sentía las punzadas en el cuero cabelludo donde tendría una calva como anuncio de mi vergüenza durante varias semanas. Nadie intervino. Para este público, ésta era una de muchas escenas violentas que tenían lugar entre los adultos y los hijos de gente que luchaba por un territorio que se reducía rápidamente. Ocurre en la selva y ocurre en la ciudad. Pero otra táctica que no sea la de «lucha o huye» está disponible para aquellos de nosotros que somos lo suficientemente afortunados como para descubrirla: canalizar la rabia y la energía en el desarrollo de una vida mental. Requiere algo parecido a una obsesión para un joven que está creciendo en un ambiente donde el trabajo físico y la resistencia física caracterizan a un sobreviviente —como es el caso de las minorías que viven en ciudades grandes. Pero muchos de nosotros nos las arreglamos para descubrir los libros. En mi caso, puede haber sido lo que los antropólogos llaman adaptación cultural. Por ser menudita, no hablante de inglés y siempre la recién llegada, me vi obligada a buscar un modo alternativo para sobrevivir en Paterson. Leer libros me dotó de poder.

Todavía ahora, una visita a la biblioteca carga las pilas de mi cerebro. Ojear el fichero me da la seguridad de que no hay tema que no pueda investigar, ni mundo que no pueda explorar. Todo lo que existe está a mi disposición. Porque puedo leer sobre ello.

La historia de mi cuerpo

La migración es la historia de mi cuerpo.

—Víctor Hernández Cruz

La piel

En Puerto Rico era una niña blanca pero me volví marrón cuando vine a vivir a los Estados Unidos. Mis parientes puertorriqueños me consideraban alta; en la escuela estadounidense, algunos de mis compañeros más groseros me llamaban Saco de Huesos y Renacuaja, porque yo era la más bajita de las clases desde la primaria hasta la secundaria, cuando a la enana Gladys le dieron el puesto honorario al centro de la primera fila en las fotos de grupo y encargada del marcador, calienta bancos, en la clase de Educación Física. En sexto grado alcancé mi estatura máxima, cinco pies.

Empecé la vida siendo un bebé lindo, y de una madre bonita aprendí a ser una niña bonita. Posteriormente, a los diez años, sufrí uno de los peores casos de varicela que conozco. Todo mi cuerpo, incluyendo los oídos y el espacio entre los dedos de los pies, se cubrió de pústulas que, en un ataque de pánico al ver cómo me veía, me rasqué para arrancármelas de la cara, lo cual dejó cicatrices permanentes. Una enfermera cruel de la escuela me dijo que siempre las tendría —diminutas cortaduras que parecían como si un gato rabioso me hubiera clavado las garras en la piel. Dejé que me creciera el cabello bien largo y me escondí detrás de mi melena durante los primeros años de mi adolescencia. Ahí aprendí a ser invisible.

146

El color

En el mundo animal indica peligro: las criaturas más coloridas son a menudo las más venenosas. El color es también una forma de atraer y seducir a la pareja. En el mundo de los humanos el color provoca reacciones mucho más complejas y a menudo mortales. Como era una muchacha puertorriqueña de padres «blancos», pasé los primeros años de mi vida oyendo a la gente referirse a mí como blanca. Mi madre insistía en que me protegiera del intenso sol de la Isla porque era más susceptible a quemarme que algunos de mis compañeros de juegos que eran trigueños. La gente siempre hacía comentarios que yo oía acerca del bonito contraste entre mi cabello negro y mi piel «pálida». No pensaba en el color de mi piel conscientemente excepto cuando escuchaba a los adultos hablar de la tez. Me parece que el tema es mucho más común en la conversación de pueblos de raza mixta que en la sociedad dominante de los Estados Unidos, donde es un asunto delicado y a veces hasta bochornoso, excepto en un contexto político. En Puerto Rico escuché muchas conversaciones sobre el color de la piel. Una mujer embarazada podía decir: «Espero que el bebé no me salga prieto» (coloquialismo para moreno o negro), «como la abuela de mi esposo, aunque era una negra atractiva en su época». Soy una combinación de los dos, al ser color oliva —más clara que mi madre pero más oscura que mi padre. En los Estados Unidos soy una persona de color, obviamente latina. En la Isla me han llamado de todo, desde «paloma blanca» (por parte de un enamorado negro), como dice una canción, hasta «la gringa».

Mi primera experiencia de prejuicio racial ocurrió en un supermercado en Paterson, Nueva Jersey. Eran las Navidades, y yo tenía ocho o nueve años. Había una exposición de juguetes en la tienda adonde iba dos o tres veces al día a comprar cosas para mi madre, quien nunca hacía listas sino que me enviaba a comprar leche, cigarrillos, una lata de esto o de aquello, según se iba acordando en cualquier momento. Disfrutaba de la confianza que depositaba en mí al darme el dinero y de caminar media cuadra hasta el mercado nuevo y moderno. Los dueños eran tres apuestos hermanos italianos. Me gustaba el menor con el cabello rubio cortado al cepillo. Los dos mayores me vigilaban a mí y a los otros niños puertorriqueños como si pensaran que nos íbamos a robar algo. El mayor de todos a veces hasta trataba de apurarme para que acabara mis compras, aunque parte del placer que yo derivaba de estas expediciones provenía de mirarlo todo en los pasillos bien surtidos. También me estaba enseñando a mí misma a leer en inglés al leer en voz alta las etiquetas de los paquetes: cigarrillos L & M, leche homogeneizada Borden, jamón en conserva Red Devil, mezcla para chocolate Nestlé, avena Quaker, café Bustelo, pan Wonder, pasta de dientes Colgate, jabón Ivory y todo lo Goya (fabricantes de productos usados en platos puertorriqueños) —éstas eran algunas de las marcas de fábrica que me enseñaban nombres. Varias veces este hombre se me había acercado, con su delantal de carnicero manchado de sangre, y, sobresaliendo por encima de mí, me había preguntado con tono áspero si había algo que él pudiera ayudarme a encontrar. A la salida, yo le echaba una mirada al hermano menor que manejaba una de las cajas registradoras, y a menudo él me sonreía y me guiñaba un ojo.

Fue el hermano malvado quien por primera vez usó las palabras «de color» para referirse a mí. Faltaban pocos días para la Navidad y mis padres ya nos habían dicho a mi hermano y a mí que, debido a que ahora estábamos en los Estados Unidos, íbamos a recibir los regalos el 25 de diciembre en lugar del Día de Reyes, cuando se intercambiaban regalos en Puerto Rico. Debíamos darles una lista con lo que más deseábamos y ellos se la llevarían a Santa Claus, quien al parecer vivía en la tienda Macy's en el centro de la ciudad —por lo menos allí fue donde habíamos alcanzado a verlo cuando fuimos de compras. Como mis padres se sintieron intimidados al entrar a la elegante tienda, no nos acercamos al hombre enorme vestido de rojo. De todos modos, a mí no me interesaba sentarme en la falda de un desconocido. Pero sí deseaba con toda mi alma a Susie, una muñeca vestida de maestra que hablaba, que se encontraba en exposición en el pasillo central del supermercado de los hermanos italianos. Hablaba cuando se le halaba un cordoncito en la espalda. Susie tenía un repertorio limitado de tres oraciones. Creo que podía decir: «Hola, soy Susie la maestra», «Dos y dos son cuatro» y algo más que no puedo recordar. El día que el hermano mayor me echó de la tienda, yo estaba alargando la mano para tratar de tocarle los rizos rubios a Susie. Me habían dicho muchas veces, como a la mayoría de los niños, que en una tienda no se toca nada que no se compra. Pero había estado mirando a Susie durante varias semanas. En mi mente, ella era mi muñeca. Después de todo, había escrito su nombre en la lista de Navidad. El momento está congelado en mi mente como si tuviera su fotografía archivada. No fue un momento decisivo ni un desastre ni una revelación que conmovió los cimientos de la tierra. Fue sencillamente la primera vez en que reflexioné —aunque fuera ingenuamente— en el significado del color de la piel en las relaciones humanas.

Alargué la mano para tocar el cabello de Susie. Me parece que tuve que ponerme de puntillas, ya que los juguetes estaban colocados sobre una mesa y ella estaba sentada como una princesa encima de la elegante caja en la que venía. Entonces oí el estruendoso «Oye, niña, ¿qué rayos estás haciendo?» gritado desde el mostrador de la carne. Sentí que me habían atrapado, aunque sabía que no estaba haciendo nada criminal. Recuerdo que no miré al hombre, pero parada allí, me sentí humillada porque todo el mundo en la tienda debía haberlo oído gritarme. Sentí que se me acercaba y, cuando supe que estaba detrás de mí, me di media vuelta y me topé con el delantal ensangrentado de carnicero. Su amplio pecho estaba al nivel de mis ojos. Me bloqueaba el paso. Salí corriendo del lugar, pero llegando a la puerta lo oí gritarme: «No vuelvas a menos que vayas a comprar algo. Los niños puertorriqueños como tú ponen sus manos sucias en todo. Siempre se ven sucios. Pero tal vez el color marrón sucio es su color natural». Lo oí reír y alguien más también se rió en la parte de atrás. Afuera, al sol, me miré las manos.

Mis uñas necesitaban una limpiadita como de costumbre, puesto que me gustaba pintar con acuarelas, pero yo me bañaba todas las noches. Pensé que el hombre, con su delantal manchado, estaba más sucio que yo. Y él siempre estaba sudado —se veía en los grandes círculos amarillos debajo de las mangas de su camisa. Me senté en los escalones frente al edificio de apartamentos donde vivíamos y me miré detenidamente las manos, que mostraban la única piel que podía ver, debido a que hacía un frío que pelaba y tenía puesto mi abrigo de jugar acolchado, un mameluco y una gorra tejida de la Marina que era de mi padre. Yo no era color de rosa como mi amiga Charlene y su hermana Kathy, quienes tenían ojos azules y cabello castaño claro. Mi piel es del color del café que mi abuela preparaba, mitad leche, leche con café en vez de café con leche. Mi madre es la combinación opuesta. Ella tiene más café en su color. No podía entender cómo mi piel le parecía sucia al hombre del supermercado.

Entré y me lavé bien las manos con jabón y agua caliente, y le tomé prestada la lima de uñas a mi madre para limpiarme los colores de las acuarelas incrustados debajo de las uñas. Estaba satisfecha con los resultados. Mi piel era del mismo color que antes, pero sabía que estaba limpia. Limpia para pasar los dedos por el cabello dorado y fino de Susie cuando ella llegara a mí.

El tamaño

Mi madre apenas mide cuatro pies y once pulgadas, la estatura promedio para las mujeres en su familia. Cuando llegué a medir cinco pies a los doce años, ella estaba sorprendida y empezó a usar la palabra «alta» para describirme, como en la frase «Como eres alta, este vestido te quedará bien». Al igual que con el color de mi piel, no pensaba conscientemente en mi estatura o tamaño hasta que otras personas hicieron de este tema un problema. Más o menos durante los años de la preadolescencia, los juegos que los niños estadounidenses juegan para divertirse se convierten en feroces competencias donde todo el mundo tiene que «probar» que es mejor que los otros. Fue en el patio de recreo y en el terreno de juego donde comenzaron los problemas relacionados con mi tamaño. No importa cuán conocida sea la historia, todo niño que es llamado último para formar un equipo conoce el tormento de esperar hasta ser llamado. En las escuelas públicas de Paterson, Nueva Jersey, a las que asistí, el partido de voleibol o el de béisbol jugado con pelota blanda era una metáfora para el campo de batalla de la vida para los muchachos de los suburbios —los negros contra los puertorriqueños, los blancos contra los negros contra los puertorriqueños; y yo medía cuatro pies, era flaca, bajita, usaba espejuelos y, al parecer, era insensible a la pasión sanguinaria que impulsaba a muchos de mis compañeros de clase a jugar pelota como si la vida dependiera de ello. Tal vez así era. Yo prefería leer un libro a sudar, gruñir y arriesgarme a sentir dolor o resultar herida. Sencillamente no entendía los deportes competitivos. Mi principal forma de ejercicio en esa época era caminar a la biblioteca, a muchas cuadras de mi barrio.

Sin embargo, quería ser querida. Quería ser escogida para los equipos. La Educación Física era obligatoria, una clase donde de hecho se daba una nota. En el informe de notas donde casi todas eran A, la C de compasión que siempre me daban en Educación Física me avergonzaba igual que una mala nota en una clase de verdad. Invariablemente, mi padre decía: «¿Cómo puedes sacar una nota tan baja por jugar?». Él no entendía. Aún si me las hubiera arreglado para lograr un batazo (lo cual nunca ocurría) o hacer que la pelota pasara por encima de aquella red ridículamente alta, ya tenía la reputación de ser una «renacuaja», un caso perdido como atleta. Era un área donde las muchachas a quienes yo no les caía bien por una razón u otra —principalmente porque salía mejor que ellas en las asignaturas académicas— podían tratarme despóticamente; el campo de juego era el lugar donde incluso la muchacha más bajita podía hacerme sentir impotente e inferior. Instintivamente comprendí los juegos políticos aún entonces; cómo el *no* escogerme hasta que el maestro obligara a uno de los capitanes a llamar mi nombre era una especie de golpe maestro —ahí tienes, fanfarroncita, mañana puedes darnos una paliza en ortografía y geografía, pero esta tarde eres la perdedora. O tal vez ésos sólo eran mis propios pensamientos amargos cuando permanecía en el banquillo mientras a las muchachas grandes les echaban mano como si fueran peces, y a mí, el renacuajo marrón, no me hacían caso hasta que la maestra miraba hacia donde yo estaba y gritaba «Llamen a Ortiz» o, peor todavía, «Alguien *tiene* que escogerla».

No en balde leía los libros de cómics de la Mujer Maravilla y soñaba despierta con la Legión de Súper Héroes. Aunque quería pensar que yo era «intelectual», mi cuerpo estaba exigiendo que me fijara en él. Veía los pequeños bultitos alrededor de lo que habían sido mis pezones planos, los pelitos finos que crecían en lugares secretos; pero mis rodillas todavía eran más grandes que mis muslos, y siempre usaba blusas de manga larga o corta para esconder mis antebrazos huesudos. Quería tener carne en los huesos —una capa gruesa. Vi un nuevo producto anunciado por la tele. Wate-On. Mostraban hombres y mujeres flacos antes y después de tomarse el mejunje, y la transformación era como la de los anuncios del tipo enclenque de noventa y siete libras convertido en Carlos Atlas que veía en las contraportadas de mis libros de cómics. El Wate-On era muy caro. Traté de explicarle en español a mi madre que lo necesitaba, pero la traducción no sonaba bien, ni siquiera a mí me lo parecía —y ella dijo con un tono irrevocable: «Come más de mi buena comida y engordarás; cualquiera puede engordar». Desde luego. Todos menos yo. Iba a tener que unirme a un circo algún día como Saco de Huesos, la mujer sin carne.

La Mujer Maravilla estaba fortificada. Tenía un escote enmarcado por las alas desplegadas de un águila dorada y un cuerpo musculoso que sólo recientemente se ha puesto de moda entre las mujeres. Pero como yo quería un cuerpo que me sirviera en Educación Física, el de ella era mi ideal. Los pechos era un lujo que me concedía. Tal vez las fantasías de las muchachas más grandes eran más sofisticadas, puesto que nuestras ambiciones se filtran a través de nuestras necesidades, pero yo quería primero un cuerpo poderoso. Soñaba con saltar por encima del paisaje gris de la ciudad hasta donde el cielo fuera claro y azul, y, llena de rabia y de autocompasión, fantaseaba con agarrar por los cabellos a mis enemigos en el campo de juego y arrojarlos a un asteroide desierto. A las maestras de Educación Física también iba a ponerlas en su propia roca en el espacio, donde serían las personas más solitarias del universo, ya que sabía que carecían de «recursos interiores», de imaginación, y en el espacio exterior no habría aire para que pudieran llenar sus bolas de voleibol desinfladas. En mi mente, todas las maestras de Educación Física se habían fundido en una mujer grande con pelo parado, un pito en una cuerda alrededor del cuello y una bola de voleibol debajo de un brazo. Mis fantasías de venganza como Mujer Maravilla eran una fuente de consuelo para mí en mi temprana carrera como renacuajo.

Me salvé de más años de tormento en la clase de Educación Física por el hecho de que en mi segundo año de secundaria me transferí a una escuela donde la enana Gladys era el foco de atención para las personas que tienen que clasificar a otros de acuerdo con el tamaño. Debido a que su estatura estaba considerada una minusvalía, había una regla tácita que prohibía mencionar el tema del tamaño delante de Gladys, pero desde luego, no había necesidad de decir nada. Gladys sabía cuál era su lugar: al centro de la primera fila en las fotografías de grupo. Con gusto me moví a la izquierda o a la derecha de ella, lo más lejos que pude sin salirme de la foto completamente.

La apariencia

Mi madre me sacó muchas fotos cuando era bebé para enviárselas a mi padre, quien estaba destacado en ultramar durante los dos primeros años de mi vida. Cuando nací, estaba con el ejército en Panamá; después viajaba a menudo durante períodos de servicio en el extranjero con la Marina. Yo era un bebé saludable y lindo. Recientemente leí que las personas se sienten atraídas por las criaturas que tienen ojos grandes y caras redondas, como los cachorros, los gatitos y otros mamíferos y marsupiales, los koalas, por ejemplo, y, por supuesto, los niños. Yo era toda ojos, ya que mi cabeza y mi cuerpo, aún a medida que fui creciendo, permanecieron delgados y de huesos pequeños. De niña recibí mucha atención de mis parientes y muchas otras personas que conocíamos en nuestro barrio. La belleza de mi madre pudo haber tenido algo que ver con toda la atención que recibíamos de desconocidos en las tiendas y en la calle. Puedo imaginármelo. En las fotos que he visto de nosotras, ella es una mujer despampanante de acuerdo con los criterios latinos: cabello negro, largo y rizado, y curvas redondas en un cuerpo compacto. De ella aprendí a moverme, a sonreír y a hablar como una mujer atractiva. Recuerdo que iba a la bodega a comprar los víveres y el dueño me daba dulces como recompensa por ser bonita.

Puedo ver en las fotografías, y también lo recuerdo, que me vestían con ropa bonita, los vestidos tiesos y de volantes, con capas de crinolina por debajo, los zapatos de charol y, en ocasiones especiales, los sombreritos pegaditos a la cabeza y los guantes blancos que se hicieron populares a fines de los cincuenta y principios de los sesenta. Mi madre se enorgullecía de mi apariencia, aunque yo era demasiado delgadita. Podía emperifollarme como si fuera una muñeca y llevarme de la mano a visitar a los parientes o a ir a la misa en español en la iglesia católica y exhibirme. ¿Cómo iba yo a saber que ella y los otros que me llamaban «bonita» representaban una estética que no se aplicaría cuando ingresara en el mundo dominante de la escuela?

En las escuelas públicas de Paterson, Nueva Jersey, todavía había unos cuantos niños blancos, aunque las estadísticas demográficas de la ciudad estaban cambiando rápidamente. Las olas originales de inmigrantes italianos e irlandeses, trabajadores en las fábricas de seda y obreros en la industria textil, se habían «asimilado». Sus hijos ahora eran los padres de clase media de mis compañeros. Muchos de ellos cambiaban a sus hijos a las escuelas católicas que proliferaban tanto como para tener ligas de equipos de baloncesto. Los nombres que recuerdo haber oído todavía resuenan en mis oídos: Secundaria Don Bosco contra Secundaria Santa María, San José contra San Juan. Más adelante a mí también me transferirían al ambiente más seguro de una escuela católica. Pero empecé la escuela en la Escuela Pública Número 11. Llegué allí desde Puerto Rico, creyéndome bonita, y encontré que la jerarquía para la popularidad era la siguiente: blanca bonita, judía bonita, puertorriqueña bonita, negra bonita. Elimina las dos últimas categorías; las maestras estaban demasiado ocupadas para tener más de una favorita por clase, y sencillamente se entendía que si había un papel importante en el drama de la escuela o cualquier competencia para la cual la cualidad principal era «la buena apariencia» (como escoltar a un visitante a la oficina de la principal), por el altavoz del salón se solicitaría al muchacho blanco bonito/guapo o la muchacha blanca bonita/guapa. Para cuando estaba en sexto grado, a veces la principal me llamaba para representar a la clase porque yo iba bien vestida (eso lo sabía por el informe de progreso que le enviaban a mi madre y que yo le traducía) y porque todas las muchachas blancas «de buena apariencia» se habían ido a las escuelas católicas (esta parte me la figuré después). Pero todavía yo no era una de las muchachas populares entre los muchachos. Recuerdo un incidente en el cual yo salí al patio de recreo en mis pantaloncitos de gimnasia y un muchacho puertorriqueño le dijo a otro: «¿Qué te parece?» El otro le contestó: «La cara está bien, pero mira las patitas de canario». Lo más cercano a un elogio fue lo que recibí de mi maestro favorito, quien al entregar las fotos de la clase comentó que con mi cuello largo y facciones delicadas me parecía a la artista de cine Audrey Hepburn. Pero los muchachos puertorriqueños habían aprendido a reaccionar ante una figura más rellenita: cuello largo y una naricita perfecta no era lo que buscaban en una muchacha. Ahí decidí que yo era un «cerebro». No me adapté al papel fácilmente. Casi me había destrozado lo que el episodio de la varicela le había ocasionado a la imagen que tenía de mí misma. Pero me miré al espejo menos frecuentemente después de que me dijeron que siempre tendría cicatrices en el rostro, y me escondí detrás de mi melena negra y mis libros.

Después de que los problemas en la escuela pública llegaron al punto en que hasta esta pequeñaja que no buscaba confrontaciones recibió varias palizas, mis padres me matricularon en la Secundaria San José. Allí era una minoría de uno entre chicos italianos e irlandeses. Pero hice varias buenas amigas allí —otras muchachas que tomaban los estudios en serio. Hacíamos la tarea juntas y hablábamos de las Jackies. Las Jackies eran dos muchachas populares, una rubia y la otra pelirroja, que tenían cuerpo de mujer. Sus curvas se transparentaban aún en los uniformes azules con manguillos que todas llevábamos. La Jackie rubia a menudo dejaba que uno de los manguillos se le deslizara del hombro, y, aunque llevaba una blusa blanca por debajo, como todas nosotras, todos los muchachos se le quedaban mirando el brazo. Mis amigas y yo hablábamos sobre esto y practicábamos dejar que los manguillos se nos deslizaran de los hombros. Pero no era lo mismo sin pechos ni caderas.

Pasé los últimos dos años y medio de secundaria en Augusta, Georgia, adonde mis padres se mudaron buscando un ambiente más apacible. Allí nos hicimos parte de una pequeña comunidad de nuestros parientes y amigos relacionados con el ejército. La escuela era un asunto aparte. Estaba matriculada en una escuela enorme de casi dos mil estudiantes que había sido obligada a integrarse ese año. Había dos muchachas negras y también estaba yo. Salí muy bien en los estudios. En cuanto a mi vida social, por lo general, pasó sin acontecimientos de interés —aunque en mi memoria permanece arruinada por un incidente. En mi penúltimo año, me enamoré perdidamente de un apuesto muchacho blanco. Lo llamaré Ted. Oh, era guapo: cabello rubio que le caía sobre la frente, una sonrisa que era para caerse de espaldas —y era un gran bailarín. Lo observaba en el Teen Town, el centro para jóvenes en la base donde todos los hijos de militares se reunían los sábados por la noche. Mi padre se había jubilado de la Marina y teníamos todos los privilegios de la base —otra razón para mudarnos a Augusta. Ted me parecía un ángel. Tuve que trabajarlo durante un año antes de lograr que me invitara a salir. Eso implicó arreglármelas para encontrarme dentro de su campo visual cada vez que era posible. Tomaba el camino más largo para llegar a las clases sólo con tal de pasar por su armario, iba a los partidos de fútbol, que detestaba, y bailaba (yo también bailaba bien) delante de él en el Teen Town —esto requería algunos malabarismos porque suponía mover a mi compañero sutilmente hacia el lugar indicado en la pista de baile. Cuando Ted por fin se me acercó, estaban tocando «Un millón a uno» en la vellonera, y, cuando me tomó en sus brazos, las posibilidades de pronto se volvieron a mi favor. Me invitó a ir a un baile de la escuela el sábado siguiente. Le dije que sí, jadeando. Le dije que sí, pero había obstáculos que vencer en casa. Mi padre no me permitía salir con muchachos ocasionalmente. Me permitían ir a eventos de envergadura, como un baile de fin de curso o un concierto, con un muchacho que hubiera sido examinado apropiadamente. Había un muchacho así en mi vida, un vecino que quería ser misionero bautista y estaba practicando sus destrezas antropológicas con mi familia. Si yo estaba desesperada por ir a algún lugar y necesitaba pareja, recurría a Gary. Para que vean el tipo de chiflado religioso que era Gary: cuando la guagua escolar no apareció un día, se llevó las manos a la cara y le rezó a Cristo para que nos consiguiera una forma de llegar a la escuela. En diez minutos, una madre que se dirigía al pueblo en una guagua ranchera se paró para preguntarnos por qué no estábamos en la escuela. Gary le informó que el Señor la había enviado justo a tiempo para proveernos una forma de poder estar en la escuela para cuando pasaran la lista. Él dio por sentado que me había impresionado. Gary hasta era guapo, desde un punto de vista soso, pero me besaba con los labios bien cerrados. Creo que Gary probablemente terminó casándose con una indígena de cualquiera que fuera el lugar adonde haya ido a predicar el evangelio según San Pablo. Ella probablemente cree que todos los hombres blancos le rezan a Dios para que les envíe transportación y besan con la boca cerrada. Pero era la boca de Ted, todo su hermoso ser, lo que me interesaba en esos días.

Sabía que mi padre no estaría de acuerdo con que saliéramos juntos, pero yo planeaba escaparme de casa si era necesario. Le dije a mi madre lo importante que era esta cita. La abordé con zalamerías y le supliqué de domingo a miércoles. Ella escuchó mis argumentos y debe haberse dado cuenta de la desesperación en mi voz. Muy suavemente me dijo: «Más vale que te prepares para una desilusión». No le pregunté lo que quería decir. No quería que sus temores por mí contaminaran mi felicidad. Le pedí que hablara con mi padre sobre mi cita. El jueves, durante el desayuno, mi padre me miró desde el otro lado de la mesa con las cejas juntas. Mi madre lo miró con la boca en una línea recta. Yo bajé los ojos hacia mi plato de cereal. Nadie dijo nada. El viernes me probé todos los vestidos en mi armario. Ted vendría a buscarme a las seis el sábado: primero a cenar y luego al jolgorio en la escuela. El viernes por la noche yo estaba en mi habitación arreglándome las uñas o haciendo otros preparativos para el sábado (sé que estuve acicalándome sin cesar toda la santa semana) cuando el teléfono sonó. Corrí a cogerlo. Era Ted. Su voz sonaba rara cuando dijo mi nombre, tan rara que me sentí obligada a preguntarle: «¿Pasa algo?». Ted lo soltó todo sin preámbulos. Su padre le había preguntado con quién iba a salir. Ted le había dicho mi nombre. «¿Ortiz? Eso es español, ¿verdad?», le había preguntado el padre. Ted le había dicho que sí, entonces le había mostrado mi foto en el anuario. El padre de Ted había meneado la cabeza. No. Ted no saldría conmigo. El padre de Ted había conocido puertorriqueños en el ejército. Había vivido en la ciudad de Nueva York mientras estudiaba arquitectura y había visto cómo vivían los *spics*. Como ratas. Ted me repetía las palabras del padre como si yo debiera entender el apuro en que *él* estaba cuando supiera por qué rompía nuestra cita. No recuerdo lo que le dije antes de colgar. Sí recuerdo la oscuridad de mi habitación esa noche que pasé en blanco y el peso de la frisa con la que me envolví como si fuera un sudario. Y recuerdo el respeto de mis padres por mi dolor y su ternura hacia mí ese fin de semana. Mi madre no me dijo «Te lo advertí», y yo le agradecí su silencio comprensivo.

En la universidad, de pronto me convertí en una mujer «exótica» para los hombres que habían sobrevivido las guerras de popularidad en la secundaria, que ahora estaban en las de ser sofisticados: tenían que parecer liberales en cuanto a la política, a su estilo de vida y a las mujeres con las que salían. Salí mucho por un rato, después me casé joven. Había descubierto que necesitaba más la estabilidad que la vida social. Claro que tenía cerebro y algo de talento para escribir. Estos hechos eran una constante en mi vida. El color de mi piel, mi tamaño y mi apariencia eran variables —cosas que eran juzgadas de acuerdo con la imagen de mí misma que tenía en el momento, los valores estéticos de la época, los lugares donde estuviera y la gente que conociera. Mis estudios, posteriormente mi escritura, el respeto de la gente que me veía como una persona individual por la cual se preocupaban, ésos eran los criterios para mi sentido de auto valoración en los que me concentraría durante mi vida adulta.

 camaleón

Atrapé un camaleón
en mi patio,
y para divertirme
lo moví de una hoja verde
a la corteza marrón de un árbol,
luego a mi balcón amarillo
donde se congeló sin cambiar
mirándome como si esperara
que yo cambiara.

Pero me quedé igual.

Me quedé igual,
y lo dejé detrás de una tela metálica
hasta que me hubiera enseñado su arco iris,
hasta que me hubiera dado
todo el color que poseía.

Entonces abrí la puerta,
pero no se movía.
Sólo se quedó mirándome
como esperando que yo cambiara.

El mito de la mujer latina: Acabo de conocer a una chica llamada María

En un viaje en guagua a Londres desde la Universidad de Oxford, donde estaba sacando unos cursos de posgrado un verano, un joven, obviamente acabadito de salir de una taberna, me divisó y, como si hubiera sido alcanzado por la inspiración, se arrodilló en el pasillo. Con las dos manos sobre el corazón, rompió a cantar «María», de *West Side Story*, en versión de tenor irlandés. Mis compañeros pasajeros, decorosamente divertidos, le concedieron a su encantadora voz la ronda de discretos aplausos que merecía. Aunque yo no estaba tan divertida, me las arreglé para darle mi versión de una sonrisa inglesa: sin enseñar los dientes, sin contorsiones extremas de los músculos faciales —en esta época de mi vida estaba practicando el comedimiento y la calma. Oh, ese control británico, cuánto lo ambicionaba. Pero María me había seguido a Londres, haciéndome recordar uno de los factores primordiales de mi vida: puedes irte de la Isla, dominar el inglés y viajar todo lo que quieras, pero si eres latina, especialmente una como yo que pertenece tan obviamente al grupo genético de Rita Moreno, la Isla viaja contigo.

A veces esto es muy bueno —te puede ganar ese minuto adicional de atención. Pero con algunas personas, eso mismo puede hacer que *tú* seas una isla —no tanto un paraíso tropical sino un Alcatraz, un lugar que nadie quiere visitar. Siendo una puertorriqueña que crecía en los Estados Unidos y quería, como la mayoría de los niños, «pertenecer a un grupo», resentía el estereotipo que mi apariencia hispana provocaba en muchas personas con las que me encontraba.

Nuestra familia vivía en un centro urbano grande en Nueva Jersey durante los sesenta, donde la vida estaba concebida como un microcosmos de las casas de mis padres en la Isla. Hablábamos español, comíamos comida puertorriqueña comprada en la bodega y practicábamos un catolicismo estricto, con todo y confesión los sábados y misa los domingos en una iglesia donde a nuestros padres los intercalaban en un espacio de una hora para una misa en español, celebrada por un sacerdote chino educado para ser misionero en América Latina. De niña me mantenían bajo estricta vigilancia, ya que la virtud y la modestia eran, por ecuación cultural, lo mismo que el honor de la familia. De adolescente me amonestaron sobre el comportamiento de una verdadera señorita. Pero el mensaje que las muchachas recibían era contradictorio, puesto que las madres puertorriqueñas también animaban a sus hijas a verse y a actuar como mujeres y a llevar ropa que nuestras amigas anglos y sus madres consideraban demasiado «madura» para nuestra edad. Era, y es, cultural; sin embargo, a menudo me sentía humillada cuando me aparecía a una fiesta de una amiga estadounidense con un vestido más apropiado para una fiesta casi de gala que para una fiestecita de cumpleaños. En las celebraciones puertorriqueñas la música y los colores que llevábamos jamás eran considerados demasiado chillones. Yo todavía me siento vagamente decepcionada cada vez que me invitan a una «fiesta» y resulta ser una conversación maratónica en susurros en lugar de una fiesta con salsa, risas y baile —el tipo de celebración que recuerdo de mi niñez.

Recuerdo el Día Profesional en nuestra secundaria, cuando las maestras nos dijeron que viniéramos vestidas como para una entrevista de trabajo. Rápidamente se hizo evidente que, para las muchachas del barrio, «arreglarse» a veces quería decir llevar joyas recargadas y ropa más apropiada (según los estándares de la cultura dominante) para ir a la fiesta de Navidad de la empresa que para ir a trabajar a la oficina todos los días. Esa mañana había sufrido lo indecible frente a mi armario, tratando de descifrar lo que una «profesional» se pondría porque, fundamentalmente, aparte de Marlo Thomas en la tele, no tenía modelos en los cuales basar mi decisión.

Sabía vestirme para la escuela: en la escuela católica a la que asistía, todas llevábamos uniformes; sabía vestirme para la misa dominical y sabía qué vestidos ponerme para las fiestas en casa de mis parientes. Aunque no recuerdo los detalles precisos de mi atuendo para el Día Profesional, seguramente tiene que haber sido una combinación de las opciones anteriores. Pero recuerdo un comentario que mi amiga (una italoestadounidense) me hizo años después, el cual sintetizó mis impresiones de ese día. Ella dijo que en la escuela de negocios a la que ella asistía las puertorriqueñas siempre se destacaban por ponérselo «todo a la vez». Quería decir, por supuesto, demasiadas joyas, demasiados accesorios. Ese día en la escuela, sencillamente fuimos usadas de modelos negativos por las monjas, quienes para todas nosotras carecían de credibilidad en materia de moda. Pero fue dolorosamente obvio para mí que para las otras, con sus faldas sastre y sus blusas de seda, debíamos haber parecido «casos perdidos» y «vulgares». A pesar de que ahora sé que la mayoría de los adolescentes se sienten fuera de sitio la mayor parte del tiempo, también sé que para las puertorriqueñas de mi generación ese sentimiento estaba intensificado. La forma en que nuestras maestras y nuestras compañeras nos miraron ese día en la escuela no fue más que una muestra del choque cultural que nos aguardaba en el mundo real, donde los empleadores potenciales y los hombres de la calle a menudo interpretarían nuestras faldas apretadas y pulseras tintineantes como una insinuación.

Señales culturales contradictorias han perpetuado ciertos estereotipos —por ejemplo, el de la mujer hispana como el «Tamal Picante» o la antorcha sexual. Es una perspectiva unidimensional que a los medios de comunicación les ha resultado fácil promocionar. Con su vocabulario especial, los publicistas han designado las palabras «abrasadora» y «ardiente» como los adjetivos preferidos para describir no sólo la comida sino también a la mujer de América Latina. De conversaciones en mi casa recuerdo oír hablar del hostigamiento que las puertorriqueñas sufrían en fábricas donde «los jefes» les hablaban como si sólo pudieran comprender alusiones sexuales y, peor, a menudo les daban a escoger entre someterse a sus insinuaciones o ser despedidas.

Es la costumbre, sin embargo, no los cromosomas, lo que nos lleva a preferir el escarlata en vez del rosado pálido. De niñas, sobre nuestras decisiones acerca de la ropa y los colores pesaba la influencia de las mujeres —hermanas mayores y madres que habían crecido en una isla tropical donde el ambiente natural era una explosión de colores primarios, donde mostrar tu piel era una forma de mantenerte fresca así como de verte atractiva. Pero sobre todo, en la Isla, las mujeres tal vez se sentían más libres para vestirse y moverse más provocadoramente puesto que, en la mayor parte de los casos, las protegían las tradiciones, las costumbres y las leyes de un sistema español/católico de moralidad y machismo, cuya regla principal era: *Puedes mirar a mi hermana, pero si la tocas, te mato.* La familia extendida y la estructura de la Iglesia le podían proveer a una joven un círculo de seguridad en su pueblito en la Isla; si un hombre «le hacía el daño» a una muchacha, todo el mundo se uniría para salvar el honor de su familia.

Esto es lo que he deducido de mis conversaciones de adulta con mujeres mayores puertorriqueñas. Me han contado sobre cómo se engalanaban con sus mejores vestidos de fiesta los sábados por la noche e iban a la plaza del pueblo a pasearse con sus amigas frente a los muchachos que les gustaban. Así se les daba a los varones una oportunidad de admirar a las mujeres y de expresar su admiración en forma de piropos: poemas callejeros cargados de erotismo compuestos en el acto. Yo he sido objeto de varios piropos mientras he estado de visita en la Isla, y pueden ser indignantes, aunque la costumbre dicta que nunca deben llegar a la obscenidad. Este ritual, a mi entender, también conlleva un despliegue de estudiada indiferencia por parte de una mujer; si ella es «decente», no debe prestar atención a las apasionadas palabras del hombre. Así que yo comprendo que hay cosas que se pueden perder en la traducción. Cuando una muchacha puertorriqueña que lleva puesto lo que ella cree que es atractivo conoce a un hombre de la cultura dominante que ha sido educado para entender que ciertos tipos de ropa son una señal sexual, es probable que ocurra un choque. La primera vez que oí una frase basada en este aspecto del mito fue cuando un muchacho que me llevó a mi primer baile de gala se inclinó para plantarme en la boca un beso baboso y demasiado ávido, y cuando no le respondí con suficiente pasión, me dijo con resentimiento: «Yo creía que se suponía que ustedes las latinas maduraran temprano» —la primera vez que me vi considerada una fruta o una verdura— se suponía que *madurara*, no sólo que me convirtiera en una mujer como las otras muchachas.

A algunos de mis amigos profesionales les sorprende que algunas personas, incluyendo aquellos que debían saber lo que es correcto, todavía ponen a los otros «en su sitio». Aunque menos frecuentemente, estos incidentes todavía ocurren habitualmente en mi vida. Uno de ellos me acaba de pasar no hace mucho, durante una estancia en un hotel metropolitano muy elegante que goza de mucha aceptación entre parejas jóvenes de profesionales a la hora de celebrar una boda. Una noche ya tarde, de regreso del teatro, mientras caminaba hacia mi habitación con mi nueva colega (una mujer con la cual estaba coordinando un programa de arte), un hombre de mediana edad vestido de etiqueta, con una joven vestida de raso y encaje tomada de su brazo, se interpuso en nuestro camino. Con la copa de champán extendida hacia mí, exclamó: «¡Evita!».

Con el camino bloqueado, mi compañera y yo escuchamos al hombre medio recitar medio berrear «No llores por mí, Argentina». Cuando terminó, la joven dijo: «¿Qué les parece si le dan una ronda de aplausos a mi papi?» Obedecimos, con la esperanza de que así le pondríamos término al estúpido espectáculo. Me estaba percatando de que nuestro grupito estaba atrayendo la atención de otros huéspedes. «Papi» también se debió haber dado cuenta, y nuevamente nos interrumpió el paso cuando tratamos de pasarle por el lado. Empezó a gritar-cantar una tonadilla con la melodía de «La Bamba» —pero la letra tenía que ver con una muchacha llamada

María cuyas hazañas todas rimaban con su nombre y gonorrea. La muchacha seguía diciendo «Ay, Papi» y mirándome con ojos suplicantes. Quería que me riera junto con los otros. Mi compañera y yo permanecimos en silencio esperando que el hombre terminara su ofensiva canción. Cuando terminó, no lo miré a él sino a la hija. Con mucha calma le recomendé que nunca le preguntara a su padre lo que había hecho en el ejército. Entonces pasé entre ellos y me dirigí a mi habitación. Mi amiga me felicitó por la serenidad con la que le hice frente a la situación. Le confesé que verdaderamente hubiera querido arrojar al imbécil a la piscina. Sabía que este mismo hombre —probablemente un ejecutivo de una corporación, bien educado, de mucho mundo, según la mayor parte de los estándares— con toda seguridad no habría obsequiado a una mujer blanca con una canción lasciva frente a otras personas. Tal vez habría frenado su impulso suponiendo que ella podía ser la esposa o la madre de alguien, o por lo menos *alguien* que podría sentirse ofendida. Pero para él, yo no era más que una Evita o una María: simplemente un personaje en su universo poblado de dibujos animados.

Debido a mi educación y a mi dominio del inglés, he adquirido muchos mecanismos para lidiar con la rabia que siento. Éste no era el caso de mis padres, ni es el de muchas mujeres latinas que realizan trabajos serviles y que tienen que aguantar los estereotipos sobre nuestro grupo étnico como: «Son muy buenas criadas». Ésta es otra faceta del mito de la mujer latina en los Estados Unidos. Su origen es fácil de deducir. Trabajo de criadas, camareras y operadoras de fábrica es lo único disponible para mujeres que hablan poco inglés y tienen pocas destrezas. El mito de la sirviente hispana ha sido mantenido por el mismo fenómeno de los medios de comunicación que hizo que la «Mammy» de *Lo que el viento se llevó* fuera la idea que los Estados Unidos tuvo de una mujer negra durante varias generaciones; María, la criada o la camarera, está grabada indeleblemente en la psiquis nacional ahora. La pantalla grande y la chica nos han presentado la imagen de la criada hispana cómica, que pronuncia mal las palabras y elabora una tormenta picante en una reluciente cocina de California.

Esta imagen de la latina engendrada por los medios de comunicación en los Estados Unidos ha sido documentada por feministas hispanas, quienes afirman que esas representaciones son parcialmente responsables de que a las latinas se les nieguen oportunidades de progresar en sus profesiones. Tengo una amiga chicana que está sacando su doctorado en filosofía en una universidad importante. Ella dice que su médico todavía hace un gesto de incredulidad con la cabeza por las «palabras grandes» que ella utiliza. Como no llevo mis diplomas al cuello para que todos los vean, en ocasiones también me han enviado a esa «cocina», a la cual algunos evidentemente creen que pertenezco.

Uno de esos incidentes que se me ha quedado grabado en la memoria, a pesar de que lo considero una ofensa de poca monta, ocurrió el día de mi primera lectura de poesía en público. Tuvo lugar en Miami en un bote restaurante donde estábamos almorzando antes del evento. Yo estaba nerviosa y emocionada cuando entré con mi cuaderno en la mano. Una mujer mayor me hizo señas para que fuera a su mesa. Pensando (tonta de mí) que quería que le autografiara un ejemplar de mi estilizado poemario acabadito de salir, acudí a su mesa. Me pidió que le trajera una taza de café, asumiendo que yo era la camarera. Muy fácil confundir mis poemas con un menú, supongo. Sé que no fue un acto intencional de crueldad, sin embargo, de todas las cosas buenas que sucedieron ese día, ésta es la escena que recuerdo más claramente, porque me recordó todo lo que había tenido que superar antes de que alguien me tomara en serio. Mirando hacia atrás, comprendo que mi rabia encendió de pasión mi lectura, que casi siempre he aceptado las dudas sobre mis capacidades como un desafío —y que el resultado es, la mayor parte de las veces, un sentimiento de satisfacción de haber ganado un converso cuando veo los ojos fríos y evaluadores dejarse seducir por mis palabras, el cambio en el lenguaje corporal, la sonrisa que indica que he abierto alguna vía para la comunicación. Ese día le leí a aquella mujer y su mirada baja me dijo que estaba avergonzada de su pequeña metedura de pata, y cuando la obligué a que me mirara, obtuve una victoria, y ella elegantemente me permitió que la castigara con mi total atención. Nos dimos la mano al final de la lectura, y no volví a verla. Probablemente se ha olvidado del asunto pero tal vez no.

Sin embargo, soy una de las afortunadas. Mis padres hicieron posible que yo adquiriera una base más fuerte en la cultura dominante al darme la oportunidad de recibir una educación. Y los libros y el arte me han salvado de formas de prejuicio racial y étnico más severas que muchas de mis compañeras hispanas han tenido que aguantar. Viajo mucho a lo largo de los Estados Unidos, para ofrecer lecturas de mis libros de poesía y mi novela, y muy a menudo recibo muestras de interés positivo por parte de personas que quieren saber más de mi cultura. Hay, sin embargo, miles de latinas que carecen del privilegio de una educación o del acceso a la sociedad que yo tengo. Para ellas, la vida es una lucha contra las ideas erróneas perpetuadas por el mito de la latina como puta, criada o criminal. No podemos cambiar esto haciendo leyes para controlar la forma en que las personas nos miran. La transformación, en mi opinión, tiene que ocurrir a un nivel mucho más individual. Mi meta personal en la vida pública es tratar de sustituir los viejos y poderosos estereotipos y mitos sobre las latinas por un conjunto mucho más interesante de realidades. Cada vez que ofrezco una lectura, espero que las historias que leo, los sueños y los temores que examino en mi obra, puedan alcanzar alguna verdad universal que hará que mi público vea más allá de los detalles del color de mi piel, mi acento al hablar o mi ropa.

Una vez escribí un poema en el cual llamaba a todas las latinas «las hijas morenas de Dios». Este poema es verdaderamente una especie de plegaria, ofrecida hacia arriba, pero también, por medio del canal de arte de humano a humano, hacia afuera. Es una plegaria por la comunicación y por el respeto. En ella, mujeres latinas rezan «en español a un Dios anglo / de ascendencia judía», «con la fervorosa esperanza / de que si no es omnipotente, / por lo menos Él sea bilingüe».

Santa Rosa de Lima

Nunca permitas que mis manos sean para nadie
motivo de tentación.
—Isabel de Flores

Era el chiste de los ángeles —una muchacha
tan loca por Dios

que despreciaba su propia belleza; que cultivaba hierbas amargas
para mezclarlas con su comida,

que se clavaba una guirnalda de rosas en la frente;
y que, en un arranque de deseo

elaboró una poción de pimienta india y corteza
y se la frotó en el rostro, el cuello y los pechos,

desfigurándose.
Entonces, encerrada en una celda oscura,

donde no había reflejo posible,
suplicó morir para reunirse con su Amo

a quien llamaba el Divino Esposo, Espina
en mi corazón, Cónyuge Eterno.

Veía Su vaga silueta, sentía Su mano fresca
sobre su frente febril,

pero cuando llegaba el alivio, su visión empezaba a desvanecerse,
y una vez más metía la barra de hierro en los carbones

y se la pasaba suavemente como la varita de un mago sobre la
   piel—
para sentir la pasión que arde por un momento,

en todas las cosas moribundas.

Contando

Un grabado oriental en tinta:
una cordillera imprecisa
y un lago gris que crece. Pulmonía
es el nombre del país en la pantalla iluminada,
el pecho de mi hija de dos años.
                        En casa
en su habitación pintada del color de cáscara de huevo rosada,
escarbo a ciegas en las gavetas buscando ropa
y algo familiar que sirva de consuelo
para llevárselo al hospital.
Mis dedos se enredan en una sarta de cuentas,
el rosario que mi madre
le ha hecho bendecir al sacerdote para el cumpleaños de mi hija:
«Enséñale a contar con Cristo», instrucciones
en la tarjeta que venía con el regalo.
                        Incrédula
del poder de los objetos, dejo que esta joya de penitente,
la cadena de grupos de cuentas eslabonados,
se deslice entre mis dedos, y uno las manos
para formar la torre de un templo inestable.
La parte de mi cerebro
a la que ya nunca escucho empieza
una letanía de plegarias en la voz de mi madre. Escucho
mi voz participando, haciendo la cuenta atrás bien adentro
hasta donde puedo creer
que las cuentas de cristal ambarino pueden ser mágicas.

Sin palabras

Cuando te abrazo fuertemente a la hora de acostarte
haces una mueca de dolor por el tierno
bulto de pechos nuevos.
No se dice nada, las dos nos damos cuenta
del pacto de silencio
que debemos mantener a lo largo del desgarrón
de la adolescencia.
                    Pero no siempre
será confusión y pesar, el cuerpo
se encontrará a través de este dolor;
recuerda a Miguel Ángel, quien creía
que en el mármol la forma ya existe,
las manos del artista sólo la sacan
al mundo.
                    Quiero contarte de los hombres:
el placer de las manos de un enamorado en la piel
que te parece puede desgarrarse en los codos y las rodillas
que se estiran sobre un cuerpo como la ropa
que casi se te ha quedado pequeña; del momento
cuando una mujer siente por primera vez
la boca de un bebé en su pecho, abriéndola
como la mano de Dios en el Génesis, el momento
cuando todo lo que la llevó hasta aquí parece adecuado.
                    Por el contrario, digo *dulces sueños*,
por los secretos escondidos bajo la frisa
como un libro prohibido

que no se supone que yo sepa que has leído.

¿Quién no será derrotada?

—Para Tanya

1.

Te di el nombre de una princesa de nieve
en una novela rusa,
una mujer de porte noble
que no sería derrotada
ni por la guerra ni por la pasión: no Lara,
la otra —la discreta aristócrata
que no le inspiró poemas al hombre,
pero por quien él caminó las millas congeladas.

2.

Pantallas de oro lanzan destellos
a través de tu cabello negro, haces piruetas
para que tu falda ancha florezca
alrededor de los largos tallos de tus piernas
para que yo admire tu belleza silvestre.
Te transformas
en una de las antepasadas gitanas
de las que nunca hemos hablado.

3.

El día de otoño en que naciste,
en una ciudad no lo suficientemente al norte
del ecuador para mi fantasía,
me agarré al *Doctor Zhivago*
con tanta fuerza que cuando el primer dolor vino,
le quebré el lomo. Mientras los alambres calientes
que anunciaban tu llegada me corrían por el cuerpo,
imaginaba un trineo halado
por fuertes caballos blancos, deslizándose

sobre un paisaje de nieve en polvo.
A lo lejos: un palacio de hielo.

4.

Hoy quieres ir a algún lugar exótico:
una isla en el Caribe
habitada sólo por jóvenes hermosos;
un lugar donde una niña pueda cortar
de cualquier jardín un hibisco rojo
para su cabello, y llevar un vestido tan ligero
que cualquier brisa pueda hacerlo bailar;
donde un hombre pelinegro
que lleva una camisa floreada
se incline sobre la pared azul brillante
de un café, abrazando una guitarra,
esperando la inspiración.

5.

El luto nos queda bien a las mujeres españolas.
La tragedia nos convierte en Antígona —tal vez
estamos criadas para el papel.

6.

Tu mejor amiga, también quinceañera,
saltó del carro que su padre manejaba a toda velocidad
durante una discusión. Después de la llamada,
vi cómo se te oscurecían los ojos
mientras escuchabas mis palabras cuidadosas;
vi a las mujeres de nuestra familia de negro,
reuniéndose en un círculo alrededor de ti.

7.

En el viaje al hospital,
te sientas derecha, apartando la mirada.
Coloco la mano sobre tu hombro tembloroso,
y te aseguro que está bien llorar.
Pero, suavemente, te desases
de mi roce inoportuno.

Sin mirar atrás, te retiras de mí,
y entras en el castillo antiséptico donde ella aguarda
como una doncella cautiva en su vestido de gasa.
8.
Ella aguarda allí, regia en su dolor, ansiosa
de relatar su vuelo sin alas, de mostrarte
sus heridas y de contarte
de las traiciones de los padres.

Hipotecar el futuro

En tres días, tendría que enviarla
a la tierra, que no trata de forma diferente
excremento, piel de serpiente, hija, gusano—

si un sueño de volar la llevara demasiado lejos para regresar,
perdido el rumbo, barrida por una tormenta. Temblando,
a las 3:00 de la mañana, estoy de pie junto a su cama
y su cuerpo está demasiado quieto. Sin embargo,
dudo en colocar mi mano sobre su pecho,

para sentir si sube y baja con su respiración,
como hacía cuando era niña, despertándome así,
como solía a menudo, casi caminando dormida,
aún cuando su sueño era total y profundo
después de un día de mucho juego.

Ahora ella lleva una piel de nervios pegada a los huesos.

Cómo sobreviviría yo esto: tocar una fría
estatua de alabastro por la mañana; o la visión
de piel crema derretirse como cera de sus huesos,
de su cuerpo largo y delgado —una ruina para estudio—
hembra humana, dieciséis años, tal vez mayor.

Claramente tenía buena salud, dirán,
fuerte —sin evidencia de haber
hipotecado el futuro en lo absoluto.

Para una hija a quien no puedo consolar

Anoche llamé a mi madre
para hablar de tu tristeza. Después de años
de separación, nuestro tono es indulgente,
nuestra selección de palabras, cuidadosa; la confusión
de nuestro parentesco ahora está escrita como subíndice al texto
de nuestras penas separadas.
                    Le conté de las lágrimas
que siguen saliendo de ese pozo infinito
que es un corazón roto a los dieciséis años. Ella pronunció
el inevitable «ya se le pasará», pidiéndome que
recordara al muchacho por el cual lloré durante días.
Por varios minutos no pude
recordar aquel rostro.

Y su consuelo era verdadero.
Tiene que ver con el tiempo —lo que las dos conocemos ahora
como enemigo de la carne; también
como sanador de heridas. Pero para ti,
no hay palabras que ayuden. El tiempo para ti
es un reloj lento que mide el ascenso de la belleza,
la intensificación del sentimiento.
                    Es demasiado tarde
para las muestras de amor maternal; la distracción
de un juguete nuevo, un cuento antes de acostarte, un abrazo;
    demasiado pronto
para convencerte de que la tormenta que se encrespa por dentro
se calmará —como todos los actos de Dios.
                    Y el corazón,
como un botecito bien construido, reanudará
su curso hacia la esperanza.

Aniversario

En la cama, tarde en la noche, a veces me lees
acerca de una guerra del pasado que te obsesiona;
acerca de jóvenes, como nuestros hermanos una vez,
que cada día son más como nuestros hijos
porque murieron el año en que nos conocimos,
o el año en que nos casamos
o el año en que nuestra hija nació.
                                        Me lees
acerca de cómo arrastraron los pies por un laberinto verde
donde cayeron, una y otra vez, víctimas
de un enemigo tan astuto como para ser el animal héroe
de algún cuento popular de pesadilla, con sus trampas camufladas
en la forma de niños humanos, y sus ciudades
bajo la tierra; y cómo, aún cuando sobrevivieron,
a estos muchachos se les quedó algo
en la espesa maleza o el pantano enfangado donde nadie
puede recuperarlo —atrapado como una gorra de pelotero
en la rama baja de un árbol.

                          Y pienso en ti y en mí,
diecinueve años, enojada y enamorada, en ese mismo año
cuando los Estados Unidos estallaron en violencia,
como un adolescente rezagado, metidos en una confusión
que no podían entender ni controlar;
cómo marchábamos en el desfile tosco
condecorados con las insignias de nuestra rebelión:
símbolos de paz y escenas del Edén
bordadas en nuestros mahones rasgados y desteñidos,
los cuellos cargados de cuentas con las que no contábamos

para paciencia, cantando *Revolución*—
una canción que malinterpretamos durante años.
                              La muerte era una consigna
por la cual gritar con el puño en alto o para colgar en pancartas.

Pero aquí estamos,
escuchando más atentamente que nunca las viejas canciones,
cantadas por razones nuevas por voces nuevas. Somos
      sobrevivientes
de una guerra no declarada de la que alguien puede decidir hacer
      una nueva versión
como una melodía popular. A veces, en la oscuridad, alarmada
por el silencio demasiado profundo, pongo la mano en tu pecho,
buscando el latido familiar y constante al cual he adaptado
mi respiración por tantos años.

5:00 de la mañana:

La escritura como ritual

Un acto de voluntad cambió mi vida, de ser una artista frustrada, a la espera de tener una habitación propia y un ingreso independiente antes de meter manos a la obra, a la de una escritora en funciones: decidí levantarme dos horas antes de la hora acostumbrada, poner la alarma para las cinco de la mañana.

Cuando las personas me preguntan cómo empecé a escribir, me veo describiendo la necesidad urgente que sentía de trabajar con el lenguaje como una búsqueda; por mucho tiempo no supe lo que estaba buscando. Aunque me casé a los diecinueve, tuve una hija a los veintiuno —al mismo tiempo que asistía a la universidad y a la escuela para graduados y trabajaba a tiempo parcial— no era suficiente. Algo le faltaba a mi vida que sentía cerca cuando me dedicaba a escribir, cuando hacía una pausa durante la investigación para la tesis y escribía un poema o una idea para un cuento al dorso de una tarjeta índice. No fue sino hasta que le seguí la pista a este sentimiento para llegar a su fuente que descubrí tanto la causa de mi frustración como la respuesta: necesitaba escribir. Le enseñé mis primeros esfuerzos a una mujer, una colega «literaria», quien me animó a tratar de publicarlos. Un poema fue aceptado y me envicié. Este fragmento de éxito es verdaderamente el punto donde empezó mi problema.

Una vez terminé la escuela para graduados, no tenía por qué quedarme en la biblioteca esa hora adicional para escribir poemas. Era 1978. Mi hija tenía cinco años y estaba en la escuela durante el día mientras yo viajaba por el condado, enseñando composición a estudiantes de primer año en tres recintos universitarios diferentes. Pasaba las tardes llevándola a clases de ballet, de claqué y cualquier otra lección de socialización que se le antojara. Preparaba mis conferencias en la I-95 de Florida, y ése era todo el tiempo de que disponía para pensar. ¿Se parece esto al lamento de la típica súper mujer? Para mí significaba estar en un constante estado de ansiedad benigna de la que en realidad no podía hablar con otros. ¿Qué les iba a decir? Necesito una hora para empezar un poema. ¿Podría alguien hacerme el favor de hacer que el mundo no gire tan rápidamente?

No tuve el privilegio de asistir a un taller para escritores cuando empecé a escribir. Me di a escribir instintivamente, como una persona encuentra un pozo subterráneo con una varilla divinatoria. No sabía que con el correr del tiempo me labraría un futuro escribiendo libros y ofreciendo lecturas públicas de mi trabajo. Los únicos modelos que conocía eran los inalcanzables: el primer poeta famoso que conocí fue Richard Eberhart, tan elevado y venerable que bien podía haber sido el Papa. Todo lo que yo sabía en esa época era que a los veintiséis años me sentía espiritualmente privada, a pesar de que tenía todo lo que a mis amigas les parecía suficientemente satisfactorio en una «vida de mujer» y más; también estaba dando clases, que era la única vocación que siempre supe que tenía. Pero había encontrado la poesía, o ella me había encontrado a mí, y estaba exigiendo su lugar en mi vida.

Después de tratar de quedarme despierta hasta entrada la noche por un par de semanas y descubrir que no quedaba mucho de mí después de un día completo de darme a los otros, cedí e hice esta cosa aborrecible: puse mi alarma para las cinco. El primer día la apagué porque pude: la había puesto al alcance de la mano. El segundo día puse dos relojes, uno en mi mesa de noche, como de costumbre, y otro en el pasillo. Tuve que saltar de la cama y correr a apagar la alarma antes de que mi familia se despertara y el esfuerzo quedara anulado. Ahí fue que empezó el ritual de escribir por la mañana que sigo hasta el día de hoy. Me levanto a las cinco y preparo una cafetera. Entonces me siento en el sillón y leo lo que escribí el día anterior hasta que el café está listo. Tardo quince minutos en beber dos tazas de café mientras la computadora se calienta —no que lo necesite— sólo que me gusta verla brillar en la habitación donde me siento en la semioscuridad, hasta que su pantalla apunta que está «lista»: lista cuando tú lo estés. Cuando estoy lista, escribo. Desde aquella primera mañana de 1978 cuando me levanté en la oscuridad a encontrarme en un cuarto propio —con dos horas sólo para mí, dos horas excelentes cuando mi mente todavía estaba filtrando mis sueños— ni he hecho ni he aceptado demasiadas excusas para no escribir. Esta decisión aparentemente normal, levantarse temprano y trabajar todos los días, me obligó a aceptar la disciplina del arte. Escribí mis poemas de esta manera por casi diez años antes de que mi primer libro fuera publicado. Cuando decidí darle rienda suelta a mi impulso narrativo y escribir una novela, dividí mis dos horas: la primera hora para poesía, la segunda para ficción; un mínimo de dos páginas al día. Mal que bien, escribí dos páginas al día por tres años y medio. Así fue que terminé mi novela *La línea del sol*. Si hubiera esperado hasta tener el tiempo, todavía estaría esperando para escribir mi novela.

Mi vida ha cambiado considerablemente desde esos primeros días cuando trataba de serlo todo para todos. Mi hija tiene dieciocho años y asiste a la universidad, no es bailarina ni Rockette ni amazona, sino una estudiante disciplinada y una joven segura de sí misma. Por eso no me arrepiento de las horas interminables de estar sentada en sillitas en la Academia de baile Rock-Ette o de respirar el aire viciado de los establos mientras la esperaba. Ella les sacó a las actividades algo parecido a lo que yo le saqué a levantarme en la oscuridad para trabajar: la sensación de que tienes el control, sobre la silla de montar, sobre las puntas de los pies. Tener el poder es lo que la artista incipiente necesita ganar para sí misma. Y el sentido inicial de la urgencia de crear se puede disipar fácilmente porque conlleva tomar una decisión en particular que a muchas personas, especialmente las mujeres, en nuestra sociedad con su énfasis en las prioridades «aceptables», les parece egoísta: sacar el tiempo para crear, robándotelo a ti misma si es la única manera.

La carga de la médium

En las cocinas matinales de mis amigas,
debo recoger los sueños que riegan
como migajas de pan sobre la mesa.
Mientras bebemos café y charlamos, veo
sus vidas arremolinarse en mi taza.

La noche agitada de Virginia
produce una anciana en harapos,
ojos de Medusa que todo lo convierten
en piedra: su esposo congelado en la cama
contra la pared, el bebé
en la cuna se vuelve una estatua de Cupido,
hasta el perro, con un ladrido atragantado en la garganta,
está petrificado a la puerta.

Cristina está enterrada en vida, arropada en la sepultura
por seres queridos. Reclama una sensación de paz
en su ataúd, donde duerme profundamente
bajo el edredón grueso y tibio de la tierra.

Me tienen que preguntar lo que significa, y
tengo que decirles. Ya sea que hable o me quede callada,
quiere decir que me he quedado más de lo que debía.

En mi propio sueño recurrente,
soy la mujer en el cuadro
cuya boca está sellada en una sonrisa
debajo del arrepentimiento del pintor, cuyos ojos
atraviesan el lienzo para observar

las multitudes anónimas que discurren,
lanzándome sus miradas ocasionales
como limosnas en una taza. Conozco sus corazones,
y vivo atormentada para siempre
por el conocimiento.

CPSIA information can be obtained
at www.ICGtesting.com
Printed in the USA
LVHW02s1840280818
588400LV00001B/33/P

9 780820 328409